チャールズ・ディケンズの

『クリスマス・ストーリーズ』

篠田 昭夫 訳

溪水社

序文

チャールズ・ディケンズ（Charles Dickens, 1812—70）は一八四三年の『クリスマス・キャロル』（*A Christmas Carol*）を皮切りに一八六七年の「行き止まり」（*No Thoroughfare*）まで、二十五篇に及ぶクリスマス物の系譜に属する中短篇を発表している。この内最初の五篇は一八四三年から四八年にかけて、クリスマスの一週間前に書き下ろし作品として刊行され、一八五二年『クリスマス・ブックス』（*Christmas Books*）と題する一巻本にまとめられた。残りの作品群の内一八五〇年から五八年にかけて発表された作品は、ディケンズ自身が編集と経営に全責任を負って刊行した週刊雑誌『ハウスホールド・ワーズ』（*Household Words*）のクリスマス増刊号に掲載され、一八五九年から六七年にかけての作品は、同じ形で刊行された週刊雑誌『オール・ザ・イヤー・ラウンド』（*All the Year Round*）のクリスマス増刊号に掲載された。そして、一八七一年にこれら二十篇が『クリスマス・ストーリーズ』（*Christmas Stories*）と題する一巻本にまとめられた。ということは、二十五年間もクリスマスにこだわって、これに繋がりを持つ作品群をディケンズが発表し続けたことを示している。十五作を数える長篇を月刊分冊もしくは週刊分冊の形で発表し、自作の公開朗読の巡業を行い、肉親と友人よりなる素人劇団を結成しての芝居の興行、週刊雑誌の刊行、慈善活動と社会事業への指導的関与等、代表的作家にして国民的名士として多忙を極めた生涯を送りながら、三十五年の文学活動の中の二十五年間も、クリスマス物の作品の執筆と刊行に多大なエネルギーを注いだ事実に、クリスマスとディケンズとの関係の持つ深く重い意味が含まれていることは論をまたない。最初の作品『クリスマス・キャロル』の有力な執筆動機として、多額の出費を要する子沢山の家庭と両親や弟妹を抱え込んでいたため、生活の基盤を安定させるに充分な収益をあげたいという期待と打算が込められていたごとく、経済的理由も見落とすことはできない。一八四七年と四九年を除く毎年執筆し刊行し続けた作品群の売れ行きが好調で、ディケンズに巨額の収益をもたらしたことも事実である。だから、クリスマスという最大の年中行事を、その宗教的色彩と祝祭的要素とを巧みに織り込んだ善意や慈愛などを源泉とする作品群を発表することを通して、作家が安定した収入を得る手段として活用し続けた側面が存することは否定できない。だけれども、最初の長篇『ピクウィック・ペイパーズ』（*The Pickwick Papers*, 1836―37）と未完の遺作『エドウィン・ドルードの謎』（*The Mystery of Edwin Drood*, 1870）において端的に見られるごとく、長篇の世界においても、プロットとモティーフの展開に重要な意味を持つ存在としてクリスマスが設定されているケースがしばしば見受けられることから伺われるように、ディケンズのクリスマスへの関心には経済的理由もさることながら、それをはるかに超える大きく深いものが認められることを忘れてはならない。死を迎えるまでディケンズはクリスマスへの関心を深く強く抱懐し続けたのであり、作家とクリスマスとの関係がディケンズ文学の重要で中心的な主題の一つを形成していることは、改めて述べるまでもない。一見クリスマスに関わりのない舞台を背景として展開される作品も時とすると含まれてはいるけれども、内容的にも雰囲気の上でも、クリスマスと不可分の慈愛や寛容が、そして癒しと救済とが主たるテーマとして設定されているので、こうした作品もクリスマス作品であると十分に考えられるのである。

『クリスマス・ストーリーズ』に所収の二十篇の作品群から三篇を選び出し訳出を試みたのが本書である。対象となる三篇は私の興味と好みに基づく恣意的な選択によるものなので、偏りがあることは当然のことながら避けられない。さりながら、熱烈な想いを四年に渡って捧げながら一方通行の失恋に終わった初恋の相手マライア・ビードネル（Maria Beadnell, 1810—86）との一八五五年における二十年ぶりの再会と、二十七歳年下の愛人といわれるエレン・ターナン（Ellen Ternan, 1839—1914）の登場もあって、表面化した妻キャサリン（Catherine Dickens, 1815—79）との一八五八年における体面を考慮しての別居という体裁をとった離婚が出来したディケンズの生涯における振れ幅の激しい時期に発表された作品群を対象としているので、それぞれの作品に認められる至らなさを考慮に入れても、興趣の尽きない味わいを感受できるのではないかと思っている次第である。そして、チャールズ・ディケンズという巨大な作家の文学世界の一端を明らかにできるという展開に結び付くことになれば、これに勝る喜びはない。

以下各作品についての紹介を行うこととしたい。

「柊屋」（*The Holly-Tree*）

「柊屋」は最初は *The Holly-Tree Inn* というタイトルで、一八五五年十二月十五日に刊行された『ハウスホールド・ワーズ』のクリスマス増刊号に、他の四人の作家との合作という体裁をとって掲載された作品である。掲載順にタイトルと作家名を記すと、次のようになる。

① "The Guest" by Charles Dickens
② "The Ostler" by Wilkie Collins
③ "The Boots" by Charles Dickens
④ "The Landlord" by William Howitt
⑤ "The Barmaid" by Adelaide Ann Proctor
⑥ "The Poor Pensioner" by "Holme Lee" (Harriet Parr)
⑦ "The Bill" by Charles Dickens

『クリスマス・ストーリーズ』に本作品を収録する際に、ディケンズは①を「私自身」("Myself")とタイトルを変更し、③と⑦はタイトルを変えないで、そして作品のタイトルを *The Holly-Tree* に変更して収録したのであった。本篇はディケンズのクリスマス物としては十三番目にあたる作品である。

この作品の粗筋は次のようである。

チャーリー(Charley)なる語り手を兼ねた主人公が、近い内に結婚することになっている婚約者アンジェラ・リース(Angela Leath)が実は親友のエドウィン(Edwin)を愛していることに気付き、失意のうちに密かに身を引くことを決心して、リヴァプールから新大陸へ渡る前に、初めてアンジェラと出会ったヨークシャーの地を一目見ておこうと思い立つ。十二月二十二日にロンドンを郵便駅伝馬車で出発してヨークシャーに到着したが、柊屋なる宿屋に一週間も大雪のために閉じこめられ、往来が再開された三十日の夜、思い出の場所に別れを告げてリヴァプールへ向けて出発しようとした時、エドウィンがアンジェラならぬその従姉妹エミリーン(Emmeline)と、後見人であるアンジェラの父親の許しが得られない結婚を果たそうとして、駆け落ち結婚の名所グレトナ・グリーンへ急行しようとしているのと鉢合わせする。そこで真相を知ったチャーリーはロンドンへとって返しアンジェラとめでたく結ばれて、以後エドウィン夫妻ともども幸福に暮らしたという次第。

第二章として（③の部分）、幼児の実らぬ恋を描いたお伽噺をめぐるエピソードが挿入されているが、チャーリーをめぐる主筋とは関係のない脇筋であるので省略した。

「英国人捕虜の危険」（*The Perils of Certain English Prisoners*）

ディケンズは十五番目のクリスマス作品として、本作品を一八五七年十二月十九日刊行の『ハウスホールド・ワーズ』のクリスマス増刊号に掲載した。この時の題名は *The Perils of Certain English Prisoners, and Their Treasures in Women, Children, Silver, and Jewels* となっており、構成は次のようであった。

① "The Island of Silver-Store" by Charles Dickens
② "The Prison in the Woods" by Wilkie Collins
③ "The Rafts on the River" by Charles Dickens

これが『クリスマス・ストーリーズ』に収録される時、ウィルキー・コリンズ（Wilkie Collins, 1824—89）の手になる第二章が削除され、タイトルも *The Perils of Certain English Prisoners* と簡略化されて収録されたのである。

「柊屋」では四名の作家が、そして次に触れる「幽霊屋敷」では五名の作家がディケンズの依頼を受けて執筆しているのに対し、本作品はコリンズのみが依頼を受けて執筆に参加していて、その点に際だつ特徴が存していているといってよい。十二歳も年下の作家としての経験も未だ浅い若い作家を唯一のパートナーとして作品を生み出す推進力となったのは、ディケンズが抱いていたコリンズへの揺るぎない信頼以外の何物でもない。

一八五七年八月マンチェスターでコリンズの戯曲『凍れる海』(*The Frozen Deep*)をディケンズ主宰の素人劇団が上演した際、特別に参加を求めた母親と二人の娘よりなるプロの女優達の一人が、翌五八年の離婚の原因の一つとなったエレン・ターナンであったことは見過ごすことのできない重要なエピソードである。

更に、「英国人捕虜の危険」に大きく深い影を落としているのが、五月に勃発したセポイの反乱である。これはディケンズに終生消えることのなかった深い影響を与えたが、この事変で捕虜となった自国の女性達の勇敢な行動にとりわけ強い感銘を受けた彼は、反乱が勃発して騒然となっているインドを避けて、舞台を中央アメリカの架空の島に移してそれを作品のモティーフとして使用することとしたのである。

本篇の時代設定は一七四四年、時の国王はジョージ二世。主人公はギル・デイヴィス(Gill Davis)という海兵隊の一兵卒。天涯孤独で社会の底辺を這いずり回ってきた出自のゆえに文盲である彼が語る回顧談を、ギルが生涯を通しての純愛を捧げた対象である「奥様」('my lady')と呼ばれる女性が書き取るという形で作品は進んでいく。全て真実のみを語り、書き取る側も一語も削除は行わないという約束を交わして。主人公が語り手と筆者を兼ねる設定が殆どをしめるクリスマス物の系譜の中で、「英国人捕虜の危険」の語り手と筆者とが分離している一人称体が特異なスタイルをなしていることは述べるまでもあるまい。

「幽霊屋敷」（*The Haunted House*）

妻キャサリンとの離婚をめぐって彼の立場を擁護しなかった出版社ブラドベリー・アンド・エヴァンズ（Bradbury & Evans）と縁を切ったディケンズは、一八五九年別の出版社チャップマン・アンド・ホール（Chapman & Hall）より『オール・ザ・イヤー・ラウンド』を、廃刊した『ハウスホールド・ワーズ』をそのまま踏襲する形で刊行し始めた。その最初のクリスマス作品たる栄誉を担って、十二月十三日のクリスマス増刊号に掲載されたのが「幽霊屋敷」である。これは十七作目のクリスマス作品であり、他の五人の作家との合作という体裁をとっている。掲載順にタイトルと作家名を記すと、次のようになる。

① "The Mortals in the House" by Charles Dickens

② "The Ghost in the Clock Room" by Hesba Stretton (Sarah Smith)

③ "The Ghost in the Double Room" by George Augustus Sala
④ "The Ghost in the Picture Room" by Adelaide Anne Proctor
⑤ "The Ghost in the Cupboard Room" by Wilkie Collins
⑥ "The Ghost in Master B.'s Room" by Charles Dickens
⑦ "The Ghost in the Garden Room" by Mrs. Gaskell
⑧ "The Ghost in the Corner Room" by Charles Dickens

『クリスマス・ストーリーズ』に収録する際に、ディケンズは他の作家の手になる五篇と全篇を締めくくる⑧とを削除した上で収録したのであった。

①で紹介された各登場人物がくじで引き当てた幽霊屋敷のそれぞれの部屋で寝泊まりしている間に目撃した幽霊を、仲間に交代で説明していくスタイルで本篇は構成されている。語り手を兼ねた主人公ジョン（John）とその妹を中心とする年齢も職業もまちまちの総勢九名の男女による田園の幽霊屋敷における信頼と友情に結ばれた友人同士の共同生活が、クリスマス・シーズンを舞台として、ユートピア的雰囲気を醸し出しながら繰り広げられていく。上述のごとく、前年五八年に二十二年連れ添って十人の子供までもうけた妻キャサリンとの離婚が出来した上に、『ハウスホールド・ワーズ』から『オール・ザ・イヤー・ラウンド』へと出版社も含めて全面的に衣替えし、更に自作の公開朗読の巡業に踏み切ってイギリス中を駆けめぐるといった風に、公私ともに揺れ動き、

多大な衝撃を受けたと思われる一年の最後を飾る「幽霊屋敷」が、興味深い作品であることは指摘するまでもないであろう。

テクストとして *Christmas Stories*（The New Oxford Illustrated Dickens, 1964）を使用。必要に応じて *Household Words* と *All the Year Round* のクリスマス増刊号に掲載されているオリジナル版を参照した。

目　次

チャールズ・ディケンズの『クリスマス・ストーリーズ』

柊屋（*The Holly-Tree*）

第一章　私自身

私は一つの秘密を持っている。内向的だという。これまで誰一人気付いた者はいないし、これからもいないだろうが、私は生まれついての恥ずかしがり屋なのである。これが現在まで一度も洩らしたことのない私の秘密なのだ。

生まれつき本質的に恥ずかしがり屋であるということのみで、出向けなかった幾多の場所、訪問したり会うことのできなかった幾多の人々、重ねて来た付き合いの忌避の数々、等々についての記述で読者を大いに動かすことはできるかも知れない。が読者を誘うのはやめて、眼前の目的に沿って話を進めることとしたい。

その目的とは柊屋《ひいらぎや》への旅程とそこでの見聞に関する直截な叙述を行うことであり、更に雪で閉じ込められた時の人畜に対する厚いもてなしを描き出すことである。

それは間もなく結婚するはずであったアンジェラ・リースが実は私の親友を深く愛している事実に気付いて、私が永遠の別れを告げたあの忘れ難い年に出来したのである。在学当時からエドウィンが私を遙かに上回っていると、私はひそかに自覚していた。それで、内心深く傷を受けたけれども、気にしていない態度をとって二人を許そうと努めた。私がアメリカへ渡ること――死の旅に出ること――を決意したのはこうした事情があってのことなのである。

私の気付きをアンジェラにもエドウィンにも伝えないまま、両名に私の祝福と許しを運ぶ感動的な手紙を認めることを思い立ち――その手紙は呼び戻すことなど不可能なところまで、新世界へ向けて私が進んでいる時に岸への艀《はしけ》が郵便局へと運ぶことになる――悲しみを固く胸にしまい込み、おのが寛大さで極力私自身を慰めながら、私は愛しい人全てに別れを告げ、これまで記述してきた寄る辺なき旅に出立したのである。

午前五時永遠の別れを私の部屋に告げた時、死に絶えたような冬期が陰うつさの頂点に達していた。私は無論ろうそくの明かりでひげを剃り、寒く惨めであった。そしてかくのごとき状況に付きまとうと常々感じてきた死刑執行の朝の目覚めのあの全てにしみ込んだ感じを経験したのであった。

テンプル地区から足を踏み出したフリート街のもの寂しい佇《たたず》まいをどんなにくっきりと憶えていることか！　まるでガスそのものが寒さで歪められてしまったかのごとく、強い北東風を受けて揺らめくガス灯。霜をまとった家々。荒涼とした星のまたたく空。殆ど凍り付いた血の巡りをはかろうとして急ぎ足の、市場に出入りする人々とその他の早朝の徘徊者。この連中を相手とする幾つかのコーヒーショップとパブの優しい明かりと暖かさ。（風がすでに裂け目という裂け目に吹き込んでいた）霜が大気に充満し、鋼のムチのように私の顔を打ち付けてきたこと。これらの情景を何とくっきりと憶えていることか！

私が出立したのは十二月二十二日であった。アメリカ行きの定期船は悪天候でなければ元旦にリヴァプールを出港する予定で、それまでの時間をどう過ごすかが問題であった。これに思いを致して、私はヨークシャーの辺地のある場所（名前をあげる必要はあるまい）を訪れることを思い立ったのである。そこの一軒の農家でアンジェラと初めて出会ったことで、私にとってそれは大切な場所であったし、出国の前にそこへのいとまごいの旅をすることにより、私の悲哀は深まって行くばかりであった。実行に移して決意が既決の状態に至る前に発見されることを防ぐために、私はアンジェラに宛てて、普段の調子で前夜緊急の用事で（その具体的な内容は追い追い彼女の耳に入ることになるが）、十日間ほど急にロンドンから離れなければいけなくなった旨を記した手紙を出しておいたことを、言い添えておかねばいけない。

ロンドンから北へ向かう鉄道はまだなく（ロンドンから北へ向かう鉄道の誕生は一八三八年）、郵便駅伝馬車が走っていた。ある種の人々と同じくそれが消えてしまったことを嘆く傾きがある自分に気付くことが折々あるが、実際は駅伝馬車に乗って旅をすることは苦行の極みとして誰もが恐れていたことなのである。最速の駅伝馬車の御者席を確保していたので、フリート街で私は駅伝馬車に乗り込む場所であるイズリントンの孔雀屋《ザ・ピーコック》（一五六四年創設の旅館で、北方へ向かう駅伝馬車の起点でもあった）へ急ぐために、旅行鞄とともに辻馬車へ乗りさえすればよかった。しかし私のために鞄をフリート街まで運んでくれたテンプル地区の夜警が、巨大な氷塊がここ数日間テムズ川を漂流しては夜間川を覆い尽くすので、テンプルから向こう岸のサリーまでテムズ川を歩いて渡った体験談を語ってくれた時、駅伝馬車の御者席に乗るとおのが不幸の突然の凍死もあり得るのではあるまいか、と私は自問自答を始めた。悲しみに打ち拉がれてはいたけれども、凍死して果てることまで思いつめてはいなかったからである。

孔雀屋に着いて――誰もが寒さよけにパール（熱くしたビールにジン、砂糖、香料を入れた冬の飲物）を飲んでいたが――駅伝馬車の内部の席で空きがあるかと尋ねた。内部、外部を問わず私が唯一人の乗客である事実を知った。この駅伝馬車はいつも相当に混み合っていたので、私一人しか乗客がいないという事実が私に気候の厳しさを改めて感受させることとなった。しかし、（ことさらに美味しく感じた）パールを少し飲んで、馬車に乗り込んだ。着座すると、私は腰までわらに包まれたので、珍妙な格好を呈していると自覚しながら、出発することとなった。

孔雀屋を出発した時は依然として暗かった。少しの間淡くぼやけた家々と木々が幽霊のように現れては消えて行き、そして厳しく、黒々として、凍り付いた一日が始まった。家々で火がおこされ、煙が高く真っすぐ澄んだ空へと昇って行った。凍結した地面を踏む蹄鉄の音をかつて耳にした覚えがないほど響かせながら、馬車はハイゲート・アーチウェイ目指して進んだ。田園へと進んで来ると、全てがくすんで灰色となってきたように思えた。道、木々、田舎家と屋敷のわらぶき屋根、農家の庭の干し草の山、全てそうであった。戸外の作業は断念され、道沿いの宿屋の飼い葉桶は固く凍り付き、通行人は皆無で、家々のドアは閉ざされ、通行料取り立て門の小住宅では火がおこされていて、（通行料取り立て役人ですら子供に恵まれ、更に愛着を持っているように見えたが）子供達がふっくらした腕で窓ガラスの霜を拭き取っては、通り過ぎる孤独な駅伝馬車を一日でも見ようとしていた。雪の降り始めは覚えていないが、どこかの宿駅で馬を取り換えていた時、車掌が「空で婆さんがガチョウの羽を激しくむしりだした」と言っているのを聞いたのは覚えている。まさにその時、白いものが速く厚く落ちてきているのを認めた。

　わびしい一日が過ぎて行き、孤独な旅人の常として、その間私はうとうとしながら過ごした。食後の私は暖かくちゃんとしていた――特に夕食の後は。それ以外の時は寒く沈んだ状態が続いた。正確な時間と場所は一切不明であり、感覚のまひも免れ得なかった。馬車と馬とが間断なく「オールド・ラング・ザイン（懐かしい昔）」（ロバート・バーンズ（一七五九―九六）の詩。「蛍の光」はこの詩にウィリアム・シールド（一七四八―一八二九）の旋律を付けたもの）を合唱しているように思われた。その拍子と旋律は極めて規則正しく演奏され、リフレインの最初で圧倒的な高まりと正確さを示して、私を悩殺して死への想いを抱かせた。馬を取り換えている間、車掌と御者とはのろのろと歩き回っては足跡を雪道に残し、寒さわすれの大量のアルコールを体内に流し込んだが酔っ払うということはいささかもなかったので、夜を迎えて私は彼等を直立している二個の大きな白い樽と見まちがえてしまった。馬が無人の野で転倒し、それを助け起こしてやることもあった——体を暖めることができたので、これが最も気分が乗る目先の変化であった。雪はどんどんと降り続き、止む気配は全くなかった。一晩中こんな風にして進んで行った。夜が明けて北国街道《ザ・グレイト・ノース・ロード》を進み出すと、又しても「オールド・ラング・ザイン」の演奏が始まった。雪は間断なく降り続けた。

二日目の昼自分がいる場所と、本来いるべき場所とが一切分からなくなってしまったが、随分と遅れていることと、事態が刻一刻と悪化していることは分かっていた。雪の吹きだまりが驚くほど深くなっていき、一里塚も雪に埋もれた。道と畑が一つになり、柵と生垣を道しるべとする代わりに、馬車の重みを受けて不意に沈下して馬車もろとも山腹を転がり落ちる状況を引き起こすかも知れない不気味に白い切れ目なしの表面にガリッとぶつかっていった。それにもかかわらず御者と車掌は——御者席に並んで座って、絶えず相談しては周囲を注意深く見ていたが——驚異的な知恵を発揮して進むべき道を見つけ出した。

町が見えてきた時、それは雪が深く積もっていた教会と家々とに大量の石筆を使用して、石板に描かれた大きなデッサンであるように私には思えた。町の中に入り、教会の時計が全て止まり、文字盤が雪にすっぽり覆われ、宿屋の看板もかき消されている情景に接して、町全体が白い苔で覆われていると思えた。馬車はといえば、雪の玉と化していた。同様に、車輪の鈍い回転を助け馬を励ましながら、町外れまで馬車と並走した男も子供も雪まみれであった。彼等に見送られて私達が進んだ淋しく荒涼とした所は雪のサハラ砂漠であった。もうこれで十分だと誰でも思ったであろうけれども、誓って申し上げるが、案に相違して依然として雪が降り続き、止む様子は全く見られなかったのである。

「オールド・ラング・ザイン」の演奏が終日続いた。町と村以外では、イタチ、野ウサギ、キツネと時には鳥の足跡しか目にしなかった。夜九時、ヨークシャーの荒野で、車掌が鳴らしたラッパの陽気な音、弾んだ人声、チラチラと動くカンテラなどにより、うとうと状態から私は目が覚めた。馬を取り換えようとしているのを見い出した。

助けを得て私は馬車から外に出て、そのハゲ頭があっという間にリア王に負けないほどの白髪頭になったウェイターに、「この宿屋の名前は？」と尋ねた。

「柊屋でございます」との返事。

「この宿屋にどうしても泊まることにしたいのだが」と、私は車掌と御者に、済まないと思いながら、声を掛けた。

旅館の主人、妻、馬丁、御者、それ以外の厩《うまや》の従業員達が、他の使用人達の強い興味を喚起しながら、「進み続けるつもりか」と、私の発言以前に御者に問いかけていた。「車掌のジョージが反対でないなら、そうするつもりだ」との御者の返事も得ていた。車掌からも「御者と同じ気持ちだ」との答えを引き出していた。それで厩の連中も交代用の馬を引き出していたのである。

こうした話し合いの後なので、もうへとへとだと私が言明したことは意想外のことではなかった。実際、この話し合いで発言までの道のりが滑らかにならなかったならば、生まれついての内気な人間である私が、意思表明ができるだけの度胸を備えていたとは到底思えないのである。そういうことで、口に出せた私の言葉は車掌と御者からも賛意を得た。だから、私の気持ちへの多くの承認と、「この旦那は明日の馬車にすべきだ、さもないと今晩の馬車ならば乗ったまま凍り付いてしまうのがオチで、そうなったところでどう仕様もない――生き埋めだけは別だがな（これは私をサカナにしてのジョークとして剽軽《ひょうきん》な厩の男の口から飛び出し、大いに受けをとった）」と、周りからも口々に言われた帰結として、私の鞄が凍死体のごとく、硬直して降ろされるのを見ることとなった。車掌と御者に惜しみないチップを渡し、両名に別れと旅の平安を祈る言葉を述べた。そして、厳しい行程を彼等二人だけの作業にしてしまったことを少し恥ずかしく思いながら、私は主人夫妻とウェイターに続き柊屋の二階へと上がって行った。

これまで見た覚えがないほどの広い部屋に案内された。窓が五つもあり、全面を照らす明かりさえ吸収できそうな暗赤色のカーテンで覆われていた。カーテンの上部には複雑に入り組んだ掛布が、ぎょっとさせられる態度で壁に張り付いていた。もっと小さな部屋をと希望したが、これ以上小さい部屋はないとのことであった。屏風《びょうぶ》で仕切ることはできますがとの提案が主人からあった。全面に日本人らしい人々の訳の分からない様々な営みが描かれた大きな古い漆塗りの屏風が持ち込まれ、私は暖炉の巨大な火で丸焼きの状態にされることとなったのである。

寝室は四百メートルも離れた長い廊下の端にある大きな階段を上がったところだった。階段を上がる途中で誰とも会いたくない内気な私にとって、寝室までの距離がいかに苦しみに満ちたものあるかを理解してくれる人がいるとは到底思えない。ベッドの四本の柱から二本の古びた銀の燭台に至るまで、全ての調度品が高く、いかめしく、ひょろりとしていた。階下の居間の方は、屏風の向こう側を覗きでもしたら、風が狂った雄牛のごとく襲いかかってきた。安楽椅子に座り続けていると、暖炉の火が新しいレンガの色に私を焦がした。マントルピースがとても高く、その上方にひどい鏡——波打っている鏡と呼べるもの——があった。立ちあがった私の顔をやけに広げて見せてくれた上に、眉から上が突然切れてしまうおのが顔を眺めるのは、どうあっても気持ちの良いものではなかった。暖炉に背を向けて立とうものなら、衝立《ついたて》の上部と向こう側の暗闇の丸天井が私の眼差しを要求し続けた。かなたの暗がりの中で、五つの窓の十本のカーテンが、巨大な虫の群れのように、のたうち這いずり回っているのが薄ぼんやりと見えた。

私が自分の中に見出しているものは同じタイプの人々により各々の中にもきっと見出されていると思う。それ故に、旅に出ると、ある場所に到着すると決まってすぐにそこから立ち去りたいと思う念が私の内に生まれることを、あえて言わせて頂きたい。焼いた鶏肉と温めて甘味と香料を加えたワインとの夕食を済ませる前に、翌朝の出発の手順の詳細を私はウェイターに刻み付けるように努めた。朝食と勘定は八時。馬車は九時。二頭立て、もしくは状況次第では、四頭立ても考慮。

疲れていたにもかかわらず、その夜は一週間も続いたように感じられた。悪夢というオアシスの中で、私はアンジェラを想い、グレトナ・グリーン（イングランドとの境界に近いスコットランドの村。一八五六年までイングランドから駆け落ちしてきたカップルが結婚する場所として有名だった）のすぐ傍まで来ていることを想起することで一段と落ち込んでしまった。グレトナ・グリーンがこの私と何の関係があるというのか？　グレトナ・グリーンではなくて、アメリカ経由で死出の旅路に出るのだと、苦悶の中で自分自身に言い聞かせた。

朝を迎えて雪が降り続いていること、夜通し降り続いたこと、雪に閉じ込められたこと等を知ることとなった。荒れ地に面したこの宿屋から何物も出て行けないし、入って来ることもできない、市場町の作業員により道が切り開かれるまでは。何時柊屋までの道が切り開かれるかは、誰にも分からなかった。

クリスマス・イヴであった。何処にいても陰うつなクリスマスを過ごすのは必至であるので、イヴを迎えてもどうでもよいことであった。それでも、雪に閉じ込められるのは凍り付いて死ぬことに等しく、望んでまで手に入れたいと思ったものではなかった。ものすごい孤独を感じた。だが宿の主人夫妻に対して銀の皿一枚プレゼントしてくれと言えなかったように、私の話し相手になってくれということも切り出せなかった（内心そうしたいと熱く想っていたけれども）。非常な引っ込み思案という私の大いなる秘密が、ここに露呈しているといってよい。殆どの恥ずかしがり屋と同じく、他の人々もまた同じ性格の持ち主であるとつい判断してしまうのである。過度の内気で上記の提案が全くできないのに加えて、主人夫妻にとりそうした提案は極めて迷惑なことであろうという不安を現実問題として私は抱懐したのであった。

それで、独りぼっちの中で心身を落ちつかせる第一歩として、宿屋の蔵書について尋ねた。ウェイターが街道案内、二、三部の古新聞、乾杯の挨拶と演説集までも含む小型の歌唱集、小さな笑話集、『ペレグリン・ピクル』の半端な一冊（トバイアス・スモーレット（一七二一—七一）が一七五一年発表したピカレスク小説）、そして『センティメンタル・ジャーニー』（ロレンス・スターン（一七一三—六八）が一七六八年発表した作品）等を持って来た。最後の二作品はその言葉全部を暗記していたけれども、全巻を読み直し、歌唱集の全ての歌のハミングも実行に移した（「オールド・ラング・ザイン」もその中に含まれていた）。笑話集にも目を通した——その中で今の私の気分にしっくりとくる哀愁を帯びたものと出会った。乾杯の挨拶と演説の全てを口から出すとともに、古新聞も全てに目を通したのであった。ありふれた広告、州の住民税の会議と、街道での強盗などの記事を除くと新聞には何も無いといってよかった。私のような貪欲な読み手にとっては、こんな貧弱な材料で夜まで読む作業を続けることは不可能だった。夕方のお茶の時間までには読むものが尽きてしまった。それで次の方策については完全におのが力で考えねばならない状況に置かれたので、一時間を掛けてあれこれと思案をめぐらした。結局、宿屋についての体験を回想することで（極力アンジェラとエドウィンとは払拭するようにしつつ）、それがいかほど続くか試してみようと思い立った。暖炉の火をかき立て、椅子を屏風の一方の側に少し動かして――ごうごうと音を立てて風が私めがけて襲いかかってくることが分かっていたので、椅子をあえて大きく動かすことはできなかったが――回想に取り掛かったのである。

宿屋についての最初の記憶は子供部屋に遡るので、出発地点として私は子供部屋に、青白くどんよりとした目を持つ、かぎ鼻の緑のガウンを着た女性の膝に抱かれている時代に舞い戻った。彼女の特技は路傍の宿屋の主人が発覚するまで、何年間も不可解な消え方をする宿泊客を実はパイに仕立て続けていたという物語を聞かせることであった。この部門の仕事により集中して打ち込めるようにと、宿屋の主人は寝台の頭を置く側の背後に秘密の扉を設けた。宿泊客が（腹に収まったパイに圧迫されながら）眠りに落ちると、この邪悪な主人は片手にランプをもう一方の手にナイフを持って静かに侵入してきて、客の喉を切って殺害し、パイに仕立ててしまうのが常であった。このために秘密のはね上げ戸の下側に、いつも煮えたぎっている釜を据え付け、真夜中生地を平らに伸ばしてパイを作り上げたのだ。だが彼でさえも良心のとがめを免れることはできなかった。何故なら眠りにつくと決まってうなされて「コショウの掛けすぎだ」と声を立てるものだから、最期は裁きを受けることになってしまったからである。この罪人を乗り超えたと思ったらすぐに強盗を本業とする犯罪者の話を聞かされることとなった。この道で腕を発揮していたある夜窓から押し入った屋敷の美しく勇敢なメイドに右耳を切り落とされてしまう（例のかぎ鼻の女性は、容姿が全く合致していないのに、このメイドは自分だといつももったい振って仄めかした）。それから数年後、この美しく勇敢なメイドは田舎の宿屋の主人と結婚した。夫となった男は絹のナイトキャップをずっとかぶっていて、絶対に脱がないという著しい特徴を持っていた。ついにある晩、美しく勇敢な妻は夫の絹のナイトキャップの右側を持ち上げてみて、右耳が無いのを発見した。それにより夫は自分が右耳を切り落としたあの強盗であり、殺害する目的で自分と結婚したのだという事実を、賢明にも彼女は察知したのであった。彼女は直ちに火かき棒を熱してこの男に止めを刺した。そのため国王に謁見して、その大いなる判断と勇気への讃辞を賜ったのである。幼い私を怯えさせて狂気寸前に駆り立てることに残忍な喜びを抱いていたこの同じ女性には、ずっと実話だと信じ込まされてきた彼女自身の見聞に基づく別の物語があった。もっともこれは『レイモンドとアグネス、即ち血まみれの尼僧』（一八二五年頃上演されて人気のあった二幕ものの芝居）を焼き直したものである事実に今では気付いてはいるが。これは大金持ちで素晴らしく背の高い彼女の義兄（私の父は金持ちでも長身でもなかったが）の体験談だというのが彼女の口上だった。私の肉親と友人の徹底した悪口を幼い私に吹き込むのがこの女人喰い鬼の癖であった。お気に入りの値の張るニューファウンドランド犬をお供に連れて（私の家は犬を飼っていなかった）、その義兄は見事な馬に乗って（見事な馬も所有していなかった）森を駆けていた時、行き暮れて、とある宿屋に辿り着いた。無愛想な女がドアを開けて出てきたので、宿泊できるかどうかを尋ねた。彼女はできると答え、馬を厩に入れ、彼を二人の凶暴な男がいた部屋へと案内した。夕食をとっていた時、部屋にいたオームが「血だ、血だ！血を拭き取れ！」と喋り出した。それを見た男の一人がオームの首を強くねじって殺して、自分はオームの焼き肉が好物なので、朝食にそれを出すつもりだと言明した。たらふく食べ飲んだ後、大金持ちで、素晴らしく背の高い義兄は宿泊する部屋へと向かった。だが不安で落ち着かなかった、というのも犬の入室は認めていないと言って、宿屋の連中が彼の犬を厩に閉じ込めてしまったので。彼は一時間以上もじっと座ったまま、あれこれと思い悩んだ、そしてローソクが燃え尽きかけた時、ドアをひっかく音を聞いた。ドアを開けると、ニューファウンドランド犬がいた。犬は静かに入ってきて、嗅ぎ回り、凶暴な男達がりんごを包んでいると言った隅のわらに直進し、わらを引き裂いて、血に染まった二枚のシーツを嗅ぎ出した。丁度その瞬間ローソクが消えた。そしてドアの割れ目から外をうかがった義兄は、二人の凶暴な男が足音を忍ばせて二階へ上がってくるのを見た。一方の男は（およそ五フィートほどの）長々とした剣を持っていた。もう一方の男は斧、袋、鋤《すき》を手にしていた。この恐ろしい物語の結末については何も覚えていないので、物語がここまで進んでくると決まって私の感覚が凍り付いてしまい、聴覚が十五分くらいは機能を停止してしまったのではないかとしか思えないのである。

柊屋の暖炉の前に坐って、これらの残虐な物語を回想している内に、その当時廉価本でよく知られていたある路傍の宿屋が想い起こされてきた。この本には折りたたみの図版が付いていて、その卵形の中央部分にはジョナサン・ブラドフォード（オックスフォード在の宿屋の主人で、処刑されたのは一七四二年のことであったという）の肖像が描かれ、四隅の部分にはこの名前と結び付く悲劇の四場面が描かれていた——気ままで安上がりの彩色が施されていたので、ジョナサンの顔であるはずの桜色が馬丁のズボンへとストレートに流れ、更に隣りの場所を塗りつけることにより、ラム酒を作り出していた。それから私はジョナサンがナイフを足下に落とし、手に血を付けた状態で、殺害された旅人の脇にいるところを発見されたことを想い出した。続けて確かに鞍袋に目を付けて殺すつもりで現場に来たけれども、被害者がすでに殺害されているのを目にしたショックで動けなくなってしまったと主張しているにもかかわらず、この宿屋の主人が殺人罪で処刑されたことと、馬丁が何年も経過してこの殺人を認めたことを想起した。この時までに私は非常な不快感を覚えていた。暖炉の火をかき立て、その熱に耐え得る限り背中を火に向けて、屛風の向こうの闇を見上げ、「修道士アロンゾと麗しのイモジーン」なるバラードで描かれている虫（M・G・ルイス作のゴシック小説『修道士』（一七九六）中のバラードへの言及）のごとく、部屋の内と外を這い回っているカーテンをも見上げることとなったのである。

私が学校に通った大聖堂の町に一軒の宿屋があり、その想い出は今まで記述してきた宿屋の回想よりも楽しいものである。その回想に取り掛かった。それは友人達がいつも宿泊し、両親と面会するためによく行き、鮭と鶏肉の食事をとっては、チップをよく取られた宿屋であった。聖職者の看板を掲げ——主教冠屋《ザ・マイター》——主教の邸宅に次ぐくらい居心地の良い軽食堂を持つ宿屋なのであった。私は宿屋の主人の末娘を熱烈に愛していた——だがこの話題はパスしよう。喧嘩をして目に黒いあざをつくった私を見て、可憐な妹が激しく泣き出したのもこの宿屋であった。妹は逝ってしまったけれども、涙が乾き切ってしまうほどあれから何年も経過した柊屋での深更、主教冠屋の回想で私の涙腺はやはりゆるんでしまったのである。

「この続きは明日にしよう」と、ローソクを持ってベッドに向かいながら、私は独語した。だがその夜ベッドに入ってからも回想の流れが留まることはなかった。魔法のじゅうたんに乗せられたがごとく、私は（イギリス国内のことではあったが）遠い所へ運ばれ、数年前の実体験と全く同じように、雪に包まれた宿屋で駅伝馬車から降りて、その宿屋で眠りにつきながら際会したあの奇怪な体験を繰り返すこととなったのである。その宿屋に泊まる成り行きとなったその旅より一年以上も前に、私は近しい間柄で極めて愛しい一人の友人を亡くした。それ以後、家にいようと離れていようと、亡友の夢を見続けることとなった。ある時は生前のままの姿を。ある時は私を慰めるために幽界から帰還したかのごとき姿を。恐怖とか惑乱に私を駆り立てる気配など皆無の、麗しく、穏やかで、幸福な霊となった亡友の姿を、夢で見続けることとなった。馬車から降りてその夜を過ごしたのは、広大な荒野にある寂しい宿屋であった。寝室の窓から月光が照らす雪の荒野を眺めながら、私は暖炉のそばに坐って手紙を認めた。その時まで、愛しい亡き人の夢を毎晩見続けることは胸に納めていた。しかしその手紙で夢の事を説明し、更に愛しい亡き人の霊が、旅に疲れている上に、この辺境の土地において、これまでと同じく続けて夢の中に出現するかどうかに非常な興味を抱いていると付け加えた。駄目だった。秘密を洩らした途端に愛しい人の夢見は無くなってしまった。ただの一回を除き、この十六年間愛しい亡き人の霊が夢の中に出現することは絶えてなかった。この一度とはイタリアに滞在していて、わが耳にしっかりと焼き付いている亡き人の愛しい声と話を交わしている最中に目が覚めた経験をした時のこと（あるいは目が覚めたと思い込んだ）である。霊が私のベッドの傍らに立ち、その古びた部屋のアーチ型の屋根へ舞い上がって行った時、将来の生活に関して私が問いかけた質問に答えてほしいと懇願した。霊が消えた時私は依然として両手をそちらへ差しのべていた。その時庭の塀のそばで鐘が鳴る音が聞こえ、万霊節前夜であるので、死者達の魂のために祈りを捧げるように全ての良きキリスト教徒に呼びかける声を夜の深い静寂の中で、私は聞いたのである。

柊屋に話を戻そう。翌朝目が覚めた時、猛烈に寒く、もっと雪が降りそうな空模様であった。朝食が片付けられ、椅子を暖炉のそばに移し、燃える火が昨日の夕暮れ時私を包んでいたあの光景を圧倒してくれたので、宿屋の回想を再開したのである。

それはウィルトシャーの良い宿屋で、強いウィルトシャー・エールが存在し、全てのビールがホップの苦味の利いたビター味になってしまう前の時代に、私はここに一度宿泊した。ソールズベリー平原の外辺にあり、私の部屋の格子窓をガタガタと鳴らす深夜の風がストーンヘンジ（古代先住民族の新石器時代から青銅器時代にかけての巨大な環状列石から成る祭祀遺跡）から私めがけてうなり声をあげて吹き付けてきた。この宿屋には（超自然的な生命力を持って、生き続けているドルイドだと私は思ったのだが）長い白髪と、いつも遙か遠くを見ている火打ち石のような青い目を持った一人の居候《いそうろう》がいた。この男は本来は羊飼いであって、積年羊肉となって亡霊と化した羊の群れが、地平線上に再び出現するのをひたすら待ち続けているのだと思われていた。ストーンヘンジの石の数を二度数えて、その数を一致させることは誰にもできないと言う異様な信念の持ち主であった。同じく、三回、九回と石の数を確認し、ストーンヘンジの中央に立って、「やったぞ！」と叫んだ者は誰でもすさまじい亡霊を目にし、そのショックで息絶えてしまったものだとの信念の持ち主でもあった。彼はノガンを見たことがあると言い張り（ドードーについての知識を持っていたのではないかと私は疑っている）、次のごとく主張した、「平原に出ていた晩秋のある日の夕暮れ時、妙に激しく弾むように前方を歩いているノガンをかすかに認めたが、初めは輸送中に風に吹き飛ばされた二輪軽馬車の日除けかと思い、次第に小型の馬に乗ったやせた一寸法師だと思うようになった。追い付けないままこの物を追跡し、何度も声を掛けたが返事を得られない中で、何マイルも追尾して、ようやく追い付いた時、その物が羽根の無い姿に退化して、地面を走行しているイギリス最後のノガンであることに気付いた。ノガンを捕獲するか出来なければ死あるのみと覚悟を決めて、飛びかかっていったが、相手に一切思うようにさせないとの決意に燃えたノガンは、私を投げ、気絶させ、真西に逃げ去って行くのを最後に認めた」と。この奇怪な男は、輪廻の段階においては、夢遊病者か狂信者か泥棒かであったろうが、ある夜目を覚ますと暗い中で私のベッドの傍に立って、恐ろしい声でアタナシウス信条（古代から中世にかけて西方教会で用いられた作者不詳の受肉論的信条）を繰り返し唱えるのを目撃することとなった。翌日勘定を済ませると、私は大至急この地から撤収したのである。

私が滞在している間に、スイスのとある小さな宿屋で持ち上がった出来事もありきたりのものではなかった。それは極めて素朴な宿屋で、山に囲まれた、狭いジグザグした道路沿いの村の中にあり、牛舎を抜けて正面のドアから入り、ロバと犬と鶏をかき分け、部屋へ通じる大きなむき出しの階段を上がっていく造りになっていた。各部屋は全てしっくいも壁紙も何も無いむき出しの木でできていた――粗い荷箱のごとく。周りにはだらだら延びている道、銅色の尖塔を持つちっぽけな玩具のような教会、松の森、流れの急な川、霧と山々の斜面があるだけだった。この宿屋で働いていた一人の若者が八週間前に消息不明になり（季節は冬であった）、未発覚の恋愛沙汰を起こして、軍隊にでも入ったのだろうと思われていた。暗い内に起き出し、もう一人の男と寝起きしていた屋根裏部屋から道路へ飛び降りたと思われていた。しかも彼はそれをもの音一つ立てることなく行ったので、同じ部屋で寝ていた同僚は翌朝目が覚めて、「ルイ、アンリは何処にいる？」と尋ねられるまで、何一つ気付かなかったのであった。彼の捜索は無駄に終わり、見切りをつけられた。ところで、宿屋の前に、村の全ての家と同じように、たきぎを積み上げた山があり、宿屋の山が他のどれよりも高かった。というのもこの宿屋は村で最も裕福な家であり、使う量も一番であったから。村中総出でアンリの捜索をしていた時、宿屋で飼われている一羽の雄のチャボが驚いたことにわざわざたきぎの山の天辺に登っては、何時間も体がちぎれそうになるほど、鳴き続けるのが目を引くようになった。五週間、六週間と捜索が続く間も、依然としてこのチャボは、本来の姿から逸脱して、常にたきぎの山の天辺に登っては、狂ったように鳴き続けた。この頃にはルイがチャボに激しい敵意を抱くようになったことが目につくようになり、ある朝小窓に坐って甲状腺腫を陽光の輝きで癒していた一人の女性により、ルイが一本のたきぎを手に取り、口汚く罵りながら、たきぎの山の天辺で鳴き続けているチャボめがけて投げつけて、殺害しようとしている場面が目撃されることとなった。とっさに閃くものがあったこの女性は、たきぎの山の裏側にそっと回り込み、こうした女性全てがそうであるごとく、彼女もすぐれた登り手であったので、天辺まですぐに登って行って、中を覗いた途端に悲鳴をあげ、「ルイを捕まえて、人殺しよ！　教会の鐘を鳴らして！　アンリの死体はここよ！」と叫んだ。その日私は殺人犯を見たし、柊屋の暖炉のそばに坐りながら彼の姿を見ていた上に、牛達の穏和な目と湯気を立てる息づかいのただ中で、牛舎のわらの上にロープで縛られて転がり、警官に連行されるのを待ち、怯えている村人に見つめられているルイの姿を、今も見ているところなのである。鈍重な動物――牛舎で最も冴えない動物――愚かな頭脳と鋭敏さを全的に欠落したぶよぶよ顔を持ち、主人の所持金を僅かばかり盗んだことをアンリに知られて、おのが窃盗の告発者となり得るアンリを殺害するというどう仕様もない方法をとった男を見ているところなのである。捕縛され、死刑を待つだけの状況となっては、ことさら心を乱すこともない陰うつな男にふさわしく、次の日にルイは犯行全てを自供した。宿屋から出立する日に、私はこの男をもう一度見ることとなった。その州では依然として死刑執行人は刀で職務を遂行している。私はこの殺人犯が、小さな市場町の死刑台の上で、両眼を目隠しされて、椅子に縛り付けられて座っているのと出くわした。まさにその時、（刃の厚い部分に水銀を塗った）大きな刀が一陣の風か炎のごとく彼の周りで一閃して、この男をこの世から消してしまった。彼が出し抜けに処刑されたことではなく、そのすさまじい鎌の半径五十ヤード以内の首がよくも刈り取られないで済んだものだ、という事実に私は驚愕した。

親切で陽気な妻と正直者の夫とが経営する良い宿屋があり、モン・ブランの影に包まれて私はここに滞在し、部屋の一つに動物を描いた壁紙が貼ってあった。ただし正確な描写というのではなくて、象の後ろ足としっぽが虎のものであったり、ライオンが象の鼻とキバを持っているし、毛がはえ変わっている熊の大きさが豹くらいしかないという風に。この宿屋で何人かのアメリカ人と友人になり、彼等はモン・ブランをマウント・ブランクと呼んでいた——親しみをこめて「ブランク」と呼ぶほどこの山と親しい関係を築いていた、極めて社交的で、快活な一人を除いては。彼は朝食時に、「ブランクは今朝は随分と長身に見える」と言ったこともあるし、夕方宿の中庭で、「数人の貴方と同じ国の人が、スタートして二時間ほどでブランクの登頂に成功しているのではないですか——しかも丁度いま！」と多少は屈託のある言葉を投げ掛けてきたこともある。

イングランド北部のとある宿屋に二週間滞在し、巨大なパイの幽霊に付きまとわれたことがある。それは廃墟となってうち捨てられた砦のごとき、ヨークシャーパイであったが、係りのウェイターの揺るぎない考えの下に、三度の食事の正式の作法としてこのパイは食卓に置かれ続けた。数日後私は、幾つかの入念な方法で、パイにダメージを与えたとそれとなく伝えようとした。グラスに残っているワインを全部パイに注ぎ込んだとか、チーズ皿とスプーンをかごに入れるように、パイに投げ入れたとか、クーラーに入れるように、ワインの瓶も入れたとかいった方法で。だが全て無駄に終わり、パイはいつも元通りの姿に戻って、従前通り食卓に登場していたのである。ついに、妖怪の幻影に取り付かれているのではないかという疑念と、健康と気持ちが想像上のパイへの恐怖の下で衰えていくのではないかとの疑念とが生じてきたので、私は力にあふれた演奏をするオーケストラのトライアングルほどの大きさを十分に持つ三角形をパイから切り取った。人間の予知能力ではその結果を予測することは到底不可能であった――だけれども係りのウェイターはパイの修復をやってのけたのだ。何か強力な接合剤を使って、彼は巧みに私が切り取った箇所に再び三角形をはめ込んだので、私は勘定を済ませると宿屋から逃げ出した。

柊屋は一段と陰うつさが増してきた。屏風の向こう側へと探検して、四番目の窓まで見透かしてみた。雪と風の威力で追い返されて、暖炉のそばに戻った私は、まきを補給し、次の宿屋の回想に取り掛かった。

それはコーンウォールの辺境の地にある宿屋だった。私と仲間が松明の明かりで激しく踊っている人々に出くわした時、この宿屋では恒例の炭坑夫による祝祭が盛大に開催されていた。何マイルか離れた石だらけの沼地で、私達の馬車は破損してしまい、馬具のはずれた馬の一頭に乗って導くという有り難い役目を私は担った。この文章を熟読したどなたかが、引き革を脚のあたりに引きずっている馬車を引く非常に大型の馬で、止め手綱により百五十組ものカップルが踊っている場面の真ん中に乗り込んだならば、その人はその時に、そしてその時にのみ、馬が乗り手である私に及ぼした深い痛みについて的確に把握して頂けるであろう。かてて加えて、三百人もの男女が周りで旋回しているのに接した馬が後ろ足で立ち、導いている人間の威厳と自尊心とはまるで両立しないやり方で、激しく暴れることも。普段は堂々としたわが容貌に小さくはない傷を負って、私はこのコーンウォールの宿屋の前に登場し、坑夫達に筆舌につくし難い驚きを与えた。宿屋は満室で、しかも超満室であったので、宿泊可能なのは馬だけであった――この気高き馬を免れることは有り難かったけれども。私と仲間とでその夜の過ごし方と、気持ちのよい鍛冶屋と車大工が沼地へ出向いて馬車の修理に取り掛かることが実現するまでに、避けようもなく経過して行く次の日の過ごし方について話し合っていた時、群衆の中から一人の実直そうな男が歩み出て空室になっている二部屋を用意し、夕食として、ベーコンエッグ、ビールとポンチを準備するがどうかと提案してくれた。私達は喜んで彼に従ってこの地区の虚飾のない家々の中で最も風変わりな家に向かい、最高級の歓待を受けた。だが歓待の中の奇抜な点は、この家の主人が椅子職人であり、私達に用意された椅子が中身抜きの枠だけのもので、従って私達が枠というとまり木に止まってその夜を過ごしたというところにあった。これに引き続きもっとこっけいな場面が生まれることとなった。というのは夕食でくつろぎ、私達の誰かが笑いに気をとられると、その人物は座り方の特異性を失念して、あっという間に姿が見えなくなってしまったからである。私自身も、桶にこっけいなパフォーマンスとして転がり込んだ道化よろしく、自力による救出が不可能な二つ折りの姿勢にはまり込んでしまった椅子の枠から、夕食中に五回もローソクの明かりで助け出された。

柊屋は急速に私の中に孤独感を甦らせた。雪の中から掘り出されるまで宿屋回想を続行することは無理だろうと私は感受した。ここに一週間は居続けるだろう――何週間も居続けることになるだろう、と感受した。

ウェールズとイングランドの国境地方の絵のように美しい古い町で一夜を過ごした一軒の宿屋と切っても切れない、特異な趣を持つ一つの物語がある。この宿屋の大きなベッドが二つある部屋の一方のベッドで、服毒自殺が実行に移され、その時もう一方のベッドでは疲れた旅行者が何も知らないまま眠りに落ちていた。その後自殺が行われたベッドが使用されることは絶対に無かったが、もう一方のベッドはずっと使われてきた。使用されないベッドはむき出しのまま同じ部屋に置かれていた、そして部屋そのものはそれを除くと以前のままに保たれていたのであった。近場から来た宿泊経験のある客であったとしても、この部屋に泊まった客は誰でも、翌朝一階に下りてきた時に前夜アヘンチンキの臭いをかいだという印象が残っていることと、眠っている間中自殺を想い浮かべたこととを、異口同音に語り出すという話が流布していた。いかなる種類の人間であろうとも、客の全てが話すチャンスさえあれば、必ずこの話題に多少でも言及した。こうした話が何年も続いたので、ついに宿の主人はこのベッドを持ち出して、カーテンを含めまるごと焼却することを決心した。部屋の奇怪な影響力は今では稀薄なものへと変化してきてはいるが、完全に消滅してはいなかった（これが私が耳にした物語だ）。この部屋に宿泊した人間は、殆ど例外なく、朝一階に下りてくると、夜の間に見て失念した夢を想い起こそうとした。客のかような当惑振りを目にすると、宿の主人は意図的に真実からは遠い種々のありふれた話題を持ち出すのが常であった。しかし主人が「毒」と口にした途端に、その客はぎくっとし、「それだ！」と叫んで、主人からの誘いに乗って、前夜の夢の内容を想い出して行く軌跡を描いたのである。

この回想がウェールズの宿屋の一括的な回想を導き出した。まるい帽子をかぶった女達と、白いあごひげをたくわえたハープ奏者達が（威厳はあるが、偽物ではないかと思われる）、私が夕食をとっている間戸外で楽を奏していた情景とともに。更に自ずとスコットランドの宿屋へと回想は流れて行った。オートミールを練って焼いたバンノック、蜂蜜、鹿肉のステーキ、湖でとれたマス、ウィスキー、そして（材料が手近に揃っているので）恐らくはアトルブローズ（ウィスキーに蜂蜜とオートミールを混合した飲み物）などの思い出とともに。一度私はスコットランド北部のハイランドから南下する急ぎの旅の中途で、とある荒涼としたいわれのある峡谷の最も低い所に位置する宿駅で速やかに馬を交換することを望んだ。するとそこの主人が望遠鏡持参で出て来て、馬の姿を求めて一帯を眺め渡したのにには何ともガックリときてしまった。馬は遠く離れた所で自活していて、四時間経過しても姿一つ見えなかった。湖のマスから、回想はイングランドの釣り人用の宿屋へと急速に流れて行った（夏の一日中、最高度の忍耐力のみを発揮して、舟の中で横になっていることで何度も大物を釣り上げるのに貢献したことがある。これは精巧な釣り道具や卓越した技と同じくらい魚釣りにおいては有効であると私は体験上思っている）。川をのぞむこれらの宿屋の快適で白く、清潔で、花瓶が置いてある寝室、渡し舟、緑の小島、教会の尖塔と、ひなびた橋。明るい瞳の愛らしい笑みをたたえて、青ひげ（六度も妻を迎えては殺害したシャルル・ペローのおとぎ話の主人公）を改心させた生来の優雅さで相手をしてくれた比類なきエマへと連想が展開して行ったのである。柊屋の暖炉の火を見ている内に、赤く輝く石炭の中に数多くの素晴らしいイングランドの郵便駅伝馬車時代の宿屋を私は認めた。私達全員が姿を消したことを残念に思い、非常に大きくて居心地の良かった、このイギリスが強欲と略奪に屈服した事実を示す証拠といえる宿屋をである。ベイジングストーク、あるいはウィンザーからハウンズローを通ってロンドンまで歩く中で、衰退し消滅しつつあるこれらの宿屋を見て、道徳的な話ができる人がいるなら、是非とも実行してみてほしい。崩れて土に帰りつつある厩。納屋や倉庫で野宿している無宿の労働者と放浪者の集団。中庭に茂っている雑草。往時は何百という羽毛のベッドが用意されていたが、今は週につき十八ペンスでアイルランド人に賃貸されている部屋の群れ。昔の居酒屋の中で身を縮めている見苦しいビール店。たきぎに使われて燃えている鉄道との戦いで罰せられたかのごとく、片方の窓が大破している馬車置き場の門。戸口に立っている一頭の、がに股の、レンガ造りのブルドッグなどを見て、実行できる人がいるなら是非とも実行してほしい。暖炉の火の中に自ずと私が次に認めるものが、陰気な田舎の駅の近くにある新しい当世風の鉄道経営のホテルでなくて何であろうか。寒風と湿気を除くと通気の上で何も無く、食料貯蔵室も塗りたてのモルタル以外に言及できるものが全く見当たらない上に、ホールの体裁をつくろう見せかけの旅行鞄以上には業務が動いている様子のないホテルでなくて何であろうか。それから百七十段の滑りやすい階段を登った所にある四つの部分より成る美しい部屋を持ち、音を聞いて姿を見せる者がいなくて、おのが心と体を疲れさせるだけのベルを終日響かせる特権を与えてくれ、値段の割には、量が多くない夕食などとともに、パリの宿屋へと私の回想は流れて行く。大きな教会の塔が中庭の上にそそり立ち、向こうの通りを馬の鈴が楽しそうな音を立てながら往来していて、進みすぎるか遅すぎるかしてきっかり十二時間経過した時点で、偶然そうなっただけの正確な時間によってチェックしない限りは、でたらめの時間を刻む全ての部屋の様々な種類の時計を持つ、フランスの地方の宿屋へと、連想のめぐりは続いて行く。次に、イタリアの粗末な路傍の宿屋へと私の回想は動いて行く。ここでは宿屋中の着用されていない全ての汚れた衣類が宿泊客用の部屋の次の間に絶えず放り込まれているし、夏は蚊が客の顔を干しブドウプディングにし、冬は寒さが咬みついて血の気を失わせるのである。客自身が何が出来ないかを忘却してしまうほど、おのが力で出来るだけのことをしなければいけない所でもある。宿泊すれば私としてはティーポットが無いので、再び丸めて団子にしたハンカチでお茶を湧かさざるを得ない宿屋なのである。同じ輝けるイタリアの町と市に存在するさびれた宮殿風の宿屋と寺院風の宿屋が想い起こされてくる。これらの宿屋は巨大で四角形の階段を持ち、林立する柱の間から高く青いアーチ状の空をのぞむことができ、堂々たる宴会場と、広い大食堂を備えている。幽霊のごとき寝室の迷路と、現実の存在感を欠落している豪華な街路の点景をも備えているのである。マラリア地区の狭くて小さな宿屋が、青ざめた従業員達や、換気を一切行わない特有の臭いと一体となって想い出されてくる。続けてベネツィアの広くて風変わりな宿屋が、角すれすれに通って行くゴンドラの船頭が発する叫び声とともに浮かんでくる。この宿屋にいると、鼻筋の個有の一ヶ所を水の臭いが固く握りしめる（しかも滞在している間中解放されることは絶対にない）。そして真夜中に響き渡るサン・マルコ大聖堂の鐘も浮かんでくるのである。次にライン河沿いの眠ることのない宿屋に私はしばし宿泊する。何時にベッドに入ろうとも、それが他の宿泊者全員の起床の警報となるような宿屋に。（白い皿よりなる三つ、四つのバベルの塔が反対側の端にそびえている）長いテーブルの端の、定食用の場所に、全身を宝石とほこりだけでまとっている一群のずんぐりした男達が、一晩中居続けて、グラスをチリンと合わせ、流れ行くライン河、成長するブドウ、魅力あるライン・ワイン、笑顔のライン娘、ハイ、飲もうぜ、わが友、それ、飲もうよ、わが弟、そしてそれに類した事どもを唄い続ける宿屋にである。当然の流れとして、私の回想はそこから他のドイツの宿屋へと移る。ここの全ての食べ物はふやけて同じ香りを放つものと化し、甘くて厚切りの熱いプディングとゆでサクランボが、食事中全く予想外のタイミングで出現することで、宿泊客の気分がかき乱されてしまうのである。あわ立つガラスのつぼからのきらめくビールを一飲みし、ハイデルベルグとその他の町の学生向けの酒場の窓に別れの一べつを贈り、四百ものベッドが置かれ、八百人から九百人の紳士淑女が毎日夕食をとるアメリカの宿屋に向かい、私は海に出る。再びここの酒場で私はコブラー、ジュレップ、スリングといったカクテルを夕方飲む。再び私は五分前に知り合って友人となった将軍に耳を傾け——その間に彼を通して二人の少佐と生涯の知己となり、この二人を通して三人の大佐と生涯の知己となって、この三人を通して二十二人の一般市民の兄弟となる——再びわが友人である将軍が宿の設備を悠然と説明するのを私は傾聴する。紳士用モーニング・ルーム。淑女用モーニング・ルーム。紳士用イヴニング・ルーム。淑女用イヴニング・ルーム。紳士と淑女が再びカップルを組むイヴニング・ルーム。音楽室。読書室。四百以上の寝室と、あなた、何でも揃っていますよ。敷地の抵当権の解消から始まり、設計から施工の完了まで全てが一年以内ですよ、しかも五十万ドルの費用でですよ、あなた。というような将軍の説明を傾聴する。再び私は、おのが思考の流れとして、アメリカの宿屋がより大きく、より華麗で、より豪勢であればあるだけ、より望ましくないという事実に目が向く。だけれども、再び私はコブラー、ジュレップ、スリンガーといったカクテルで、わが友人である将軍、少佐、大佐や一般市民全員と、上機嫌で乾杯を重ねる。アメリカの宿屋の小さな欠点がどれほど晴れやかなるわが両眼に映し出されようとも、これは親切で、寛大で、度量が大きい、偉大な国民に属していることを充分に認識した次第である。

この後回想の流れをスピードアップして、私はおのが孤独には目を向けないようにした。しかしここまで来たところで回想の源泉が永久に尽きてしまい、私は断念せざるを得なかった。自分は一体何をなすべきか？　これから一体どうなるのか？　どんな地獄へなすすべもなく沈もうとしているのか？　トレンク男爵（一七二六—九四。プロシャの軍人にして外交官。フリードリッヒ大王により十六年間鎖につながれて獄中に幽閉）のように、ネズミかクモを探し求めて、それを見つけ、訓練することで獄中生活を紛らすことにでもなったら、自分はどうなるのか？　それでさえ将来への見通しとしては危険すぎるかも知れないのだ。雪を切り開いて往来が可能になったとしてもどん底まで落ち込んでいる状況にある私としては、出発の時が来ても、涙にくれて、バスティーユ監獄から救出されたあの高齢の囚人と同じく、もう一度五つの窓と、十枚のカーテンと、波状の掛布の中へ連れ戻してほしいと懇願を続ける姿をさらすことになってしまうであろう。

一つの無謀な考えが浮かんできた。他のいかなる状況においてもこんな考えは断固拒否したであろうが、現下の窮境にある身としては、固執せざるを得なかった。宿の主人との同席や相客と顔を合わせることを避けてきた生来の内向性を何とか克服して、私は宿の靴磨き係を呼び——何とか酒でも持参して——私の話し相手になってくれと頼むことを思い切って行い得たであろうか？　私はできた。思い切ってやった。実現した。

第三章　勘定書

丸一週間雪に閉じ込められた。それだけの時間の経過が実感として迫ってこなかったので、テーブルに置かれた紙片という証拠が存在しなければ私はこの事実に大いなる疑念を抱いたであろう。前日に道から雪が除去されていて、当該の紙片とは私の勘定書であった。これは一週間ずっと、私が飲食したこと、暖をとったこと、柊屋の寝室で睡眠をとったこと等を強力に立証していた。

アメリカ行きの遂行のためにはあと更に二十四時間の余裕が必要であると判断して、私は昨日の時間全部を道路の状態が良くなることに充てたのである。勘定書を持参してテーブルに置くことと、「明日の夜八時」に馬車を用意しておくようにと私は指示を出しておいた。その時刻が来た時携帯用書きもの机を革のケースに収めて留め金で留め、勘定を済ませ、防寒用マフラーをまといコートを着こんだ。アンジェラと初めて出会った農家に紛れもなくびっしりと垂れ下がっていた氷柱に凍り付いた涙を付加する時間がもちろん残されているはずはなく、私はすぐにも出発したのである。私がしなければならなかったことはできるだけ通行可能な近道を通ってリヴァプールに急ぎ、重い手荷物を受け取り乗船することであった。それは私として当然しなければならぬことで、余分な時間が一時間だってあるはずはなかった。

柊屋で親しくなった全ての人達に別れを告げた――一時的にせよ、おのが内気を殆ど忘却していた――馬車に私の旅行鞄を縛り付けていた馬丁が綱を回す様子を宿の戸口に立ってしばし眺めていた時、ランプが柊屋に近づいてくるのを認めた。道路は踏みつけられた雪で覆われていたので車輪の音一つ耳に入ってこなかった。だが宿の戸口にいた私達全員が道路の両側に積み上げられた雪の壁の中を、ランプが接近してくること、それも相当な速さで接近してくることを認めた。部屋係のメイドが直ちに事態を察知して、「トム、この馬車はグレトナ・グリーンに向かっているのよ!」と馬丁に叫んだ。女性というものが結婚、もしくはそれに関するものの臭いを本能的に嗅ぎ付ける力を持っている事実を呑み込んでいた馬丁は、中庭に駆け込んで、「代わりの四頭の馬を厩から出せ!」とどなったので、たちまち宿屋中が興奮状態を呈した。

愛し愛されている幸福な男を見ることに悲しみを帯びた興味が私の内に湧いてきた。それですぐに出発する代わりに、宿屋の戸口にたたずんでいた時駆け落ちのカップルの馬車が乗りつけてきた。マントにくるまった溌剌とした男が勢いよく馬車から飛び出してきたので、私はすんでのことに転倒するところだった。私の方を振り向いて詫びを言おうとしたが、相手は、何と、エドウィンだったのだ!

「チャーリー！」と驚きながら、彼が言った。「一体全体、ここで何をしているのだ？」

「エドウィン」と私も驚きながら、言った。「一体全体、君こそここで何をしているのだ？」そう言いながらおのが額を叩いた、すると耐え難い光の強烈な輝きが眼前を駆け抜けたように思えた。

彼は宿の小部屋へ私を急いで連れ込んだ（常に暖炉に小さな火が燃えていて火かき棒も置いてない）、更にそこは馬がとり換えられている間御者と車掌が待機している部屋でもあった。そして、ドアを閉めて、言った。

「チャーリー、僕を許してくれ！」

「エドウィン！」と私。「あんまりじゃないか？　彼女を心の底から愛してきた！　ずっと愛を募らせてきた！」私はそれ以上言葉を続けることができなかった。

私の激しい感情の表出を目の当たりにして彼は衝撃を受け、私がこんなにも激情を示すとは夢にも思っていなかったとの冷たい発言を行った。

彼を見つめた。彼への非難は止めた。だが私は彼を見つめた。

「ところで、チャーリー」とエドウィン。「どうか僕のことを悪く思わないでくれ。君は僕の最高の信頼を得る立場にあるし、また僕達はこれまでそうした関係で結ばれてきたと思っている。僕は秘密を作るのは嫌いだ。秘密の下劣さは耐え難い。しかし僕と彼女は君のために秘密を守ってきたのだ」

僕と彼女！　この言葉が私を氷にした。

「僕のために秘密を守ってきたって？」と、率直なこの男がよくも秘密を守り通したものだと思いながら、私は言った。

「そうだ！　――そうしてアンジェラもだ」とエドウィン。

ふらついている鳴りごまのように、部屋がゆらゆらと回り出したように感じられた。「きちんと説明してくれ」と私。片手で肘掛け椅子をつかみながら。

「ねえ、チャーリー！」とエドウィンが、情のこもった態度で答えた。「考えてみてくれ！　君とアンジェラとの交際がとてもうまく行っているのに、僕達の婚約と、（私からの乾杯の提案を断った後）秘密の決意とに君を巻き込むことにより、君とアンジェラの父親との関係を危うくする必要がどこにあるんだ？『僕に一度も相談してくれなかったし、話はおろか、一言も打ち明けてもくれなかった』と、信義に基づいて言える方が君にとってはるかにましな展開だ。アンジェラが気付き、僕にでき得る限りの好意と支持を示してくれたとすれば――比類なき女性であり妻となる彼女に神の祝福があらんことを！　――僕としてはそれを抑えることは到底できなかったろう。僕もエメラインも君に打ち明けなかったように、彼女にも打ち明けてはいない。全く同じ理由で、チャーリー、誰にも何一つ打ち明けてはいないのだ！」

エメラインはアンジェラの従姉妹であった。一緒に住んでいた。一緒に育てられた。アンジェラの父親の被後見人であった。財産を持っていた。

「エメラインは馬車にいるんだね、エドウィン!」と私は、最大級の愛を込めて彼を抱擁しながら言った。

「ねえ君!」とエドウィン。「彼女抜きで僕がグレトナ・グリーンへ行くべきだとでも思っているのかい?」

私はエドウィンと並んで走り出て、馬車のドアを明け、エメラインを両腕で抱き、胸に引き寄せた。雪に包まれた景色のごとく、彼女は柔らかくて白い毛皮にくるまっていたが、暖かく、若々しく、美しかった。先導馬をおのが手で馬車に連結し、御者と車掌に五ポンドのチップをはずみ、馬車の出発を歓呼の声で送り、私自身は全速力で反対方向に出発した。

リヴァプールにも、アメリカにも向かわないで、私はまっすぐにロンドンへとって返し、アンジェラと結婚した。彼女にさえ、今に至るまで私はおのが内面の秘密と、これが私を誘引した不信と誤解の旅程とを打ち明けていないのである。アンジェラが、彼等が、そして私達の八人の子供と彼等の七人の子供が――無論エドウィンとエメラインの子供であり、長女はウェディングドレスを自分でまとえる年齢になっていて、それを着用すると母親と瓜二つといってよい――当然のこととして、この文章を読むようになると、私の秘密が看破される事態を迎えるのは必至であろう。なに構うものか！　耐えられる自信があるのだから。私は柊屋で、これといって目的のない偶然の流れで、クリスマス・シーズンと人間への興味と、周りにいる人々に対する探索と関心とを結び付けて考えることを始めた。そのために私が置かれている状態がいささかでも悪くなるということが無いように、近くにいようと遠く離れていようと私と関わりのある人々の状態が少しでも悪くなることが無いようにと願うばかりである。緑なる柊屋が栄え、根をわがイギリスの地中深く張り巡らし、その成長した美質が空飛ぶ鳥により全世界へ運ばれんことを！

英国人捕虜の危険（*The Perils of Certain English Prisoners*）

第一章　シルヴァー・ストア島

字が書けないので署名を×印で行う私、ギル・デイヴィスが、英国海兵隊の一兵卒として、モスキート海岸（中米、ホンジュラス東部からニカラグア北東部にかけての海浜地帯）沖の海上で、武装したスループ型軍艦であるクリストファー・コロンブス号の舷墻《げんしょう》にもたれて立っていたのは、一七四四年のことであった。

話を進めようとすると、奥様がギルというクリスチャン・ネームはあり得ないので、洗礼の時に私に授けられた名前はギルバートであったはずだと、私に言われた。奥様は間違いないと確信しておられるけれども、私としてはそれについては一度も耳にしたことがない。私は孤児の出自を持ち、クリスチャン・ネームはギルであるとずっと思ってきた。チャタムとメイドストーンの間にあるスノリッジ・ボトムで鳥を追い払う仕事に雇われていた時ギルと呼ばれていたことは確かである。だがそれは私が受けた洗礼とは無関係の話であるし、私のために沢山の事が誰かによって約束されたが、一度として実行に移されたことはなく、そしてその誰かとは教区吏員であったに違いないと思われるような洗礼とは無縁の話である。ギルという名前は幼児の私がよくひっかいていた頬、もしくは顎の下の肉に由来しているのである。

話を進めようとすると、まさに昔と変わらぬ態度で私に笑いかけ羽根ペンを振りながら、奥様から又しても合いの手が入る。奥様のかような動作は、指輪をはめておられる手を見つめている私の心に昔日のことを想い出させる——いや！　そうではない！　確かに奥様の合いの手はふさわしい場所で、入ってくる。静かな手の動きに見とれ、（これまで何度も接してきたように）眠り込んでおられるお子様やお孫さん達を愛撫しておられる奥様の手に見とれている私にとり、おのが家柄と名誉さえ高かったならばとの想いが——いや！　そうではない！　今は違う！　——抹消してください。

奥様は抹消はしないとおっしゃる、まことに信義を重んずる態度で。というのは私が語ることの全てを奥様が書き取ること、そして書き取ったことは一切抹消しないことという了解が私達の間で成り立っているから。私は読み書きが出来ないという大変なハンディを背負っているので、私が嘘偽りなく忠実に語るおのが冒険談を、一語ずつ、奥様が書き取って下さることになっているから。

モスキート海岸沖の海上でスループ型軍艦であるクリストファー・コロンブス号の舷墻にもたれて立っていた、ジョージ二世陛下（一六八三—一七六〇。英国王（一七二七—六〇））の国民であり、英国海兵隊の一兵卒であるこの私が、というところまで話を進めていた。

あの気候では、誰も動きたくはなくなる。私もそうだった。長い杖を持ち、一年中どんな気候でも粗末な白いコートを着て、スノリッジ・ボトムの丘陵にいた羊飼い（父親であったかも知れない？）のことを私は思い浮かべていた。夜は彼の小屋の隅に横にならされ、昼間は私が何も稼げない時は彼と彼の羊と行動を共にするようにさせられ、食べ物は殆ど分けてくれない代わりに杖で打たれることが多かったので、遂にはその許から逃げ出して――これこそが彼の狙いではなかったかと、私は思っている――スノリッジ・ボトムに留まるより放浪して歩くように仕向けられたあの羊飼いを思い浮かべていた。鮮やかな青い海を見ながら立っていた時、放浪を重ねた私の齢も二十九を数えるまでになっていた。羊飼いを目で追っていた。両眼を半ば閉じた、半醒状態の夢見で彼を見守っている内に、彼と、羊の群れと、二頭の犬とが、軍艦の傍から離れて、青い海を超えて遠ざかって行き、空の中へとまっすぐに入り込んでいったように思えた。

「洋上に浮かび上がってきたよ、揺るぎなく」とすぐ傍で声がした。私は回想にふけっていたので、いうなればその声に驚いてハッと我に帰った。それは同僚であるハリー・チャーカーのなじみのある声ではあったけれども。

「何が洋上に浮かび上がってきたのだ、揺るぎなく？」と同僚に尋ねた。

「何がって？」と彼。「島だよ」

「おー！　島だって！」と私、そちらの方へ目を向けながら。「本当だ。島のことを忘れていたよ」

「目指している港を忘れてしまったのか？　おかしいよ《オッド》？」

「それはそうだ」と私。

「そして奇数《オッド》は」と、考え考えゆっくりと彼が言った。「偶数ではない。そうだろう、ギル？」

彼はいつもその様な物言いをして、他の言い方は滅多にしなかった。一つのものを別のものに振り向けるやいなや、彼は満足するのだった。彼は最高の人物の一人であり、ある意味では、自己主張を最小にしかしない男でもあった。意見を修正したい、何故なら操舵手のように読み書きが出来る事に加えて、彼は一つの卓越した考えを抱いていたので。それは義務である。私は学問を何よりも尊重しているけれども、彼がこの世の全ての書物を学び取った最高の学者であったとしても、義務を超える考えを抱くことができたとは、絶対に思えないのである。

同僚と私はジャマイカに宿営し、更にベリーズのイギリス人の開拓地に派遣されて、モスキート海岸の西北沖に滞在していた。ベリーズでは残虐な海賊集団の大いなる恐怖があり（カリブ海域には到底数え切れぬ数の海賊が絶えず存在していた）、奥まった入り江と浅瀬に逃げ込み、激しい追跡を受けると上陸することによりわがイギリス海軍のクルーザーの上を行くので、ベリーズの総督は浜辺沿いに海賊の監視を厳しく行うようにとの命令を本国から受けていた。それで、一年に一度ジャマイカのポート・ロイヤルからこの島に武装したスループ型軍艦が、飲食物と衣類や、種々の方法で使用するあらゆる種類の必需品を積んで、姿を見せることとなったのである。そして私が舷墻にもたれて立っていたのは、ベリーズに寄港したスループ型軍艦の船上においてであった。

島には極めて小さいイギリス人の開拓地があった。島の名前はシルヴァー・ストア島といった。その名前の由来は、イギリス人の開拓地が対岸の本土のホンジュラスに、銀山を所有し採掘していて、毎年スループ型軍艦で運搬されるまで、銀を安全に便利に保管できる場所としてこの島を使用してきたことによる。銀は銀山から海岸までラバの背中に乗せて、友好的なインディオが付き添い白人が護衛をしながら、運び下ろされた。ホンジュラスのカヌーに乗せて、晴天の日に、海岸からシルヴァー・ストア島へと運送された。すでに説明したように、一年に一度武装したスループ型軍艦で、島からジャマイカまで運搬されていた。当然の事ながら、ジャマイカから全世界へと送り出されていたのである。

私が武装したスループ型軍艦に乗船するに至った事情は、簡単に説明できる。中尉——名前をリンダーウッドといった——の指揮の下二十四名の海兵隊員がベリーズに増援部隊として派遣され、シルヴァー・ストア島に赴いて、海賊追跡のために駐屯しているボートと兵士達を助けることとなったのである。海からも陸からも、島は海賊を監視するには絶好の位置にあると考えられていた。海賊船もそのボートも一度として目撃されてはいなかったが、噂がしきりに流布されていたので、増援部隊が派遣されることとなった。その一人がかくなる私という訳である。この隊には伍長と軍曹が一人ずつ含まれていた。チャーカーが伍長で、軍曹の名前はドルースといった。ドルース軍曹は英国軍人の中で最も残虐な下士官であった。

私がチャーカーと上記のような言葉を交わした直後、夜の訪問となった。数分の内に全ての素晴らしく鮮やかな色が海と陸から消えていき、天の全ての星が一斉に輝きを放ち、お互いの肩越しに、海中何百万尋もの深さに映っているおのが姿を見下ろしているように思われた。翌朝、私達は島の沖で錨を降ろした。小さな礁の中にこぢんまりとした港があり、砂浜もあった。むき出しの幹が高く垂直に伸びたココヤシが見え、その天辺の葉は壮麗な緑の羽毛のようであった。こうした場所でよく目にする全ての物があったが、説明しなければならないものが他にあるので、それらについては触れないこととしたい。

私達の到着が非常に歓迎されたことは、間違いない。国旗の全てが掲げられ、全ての鉄砲が発射され、全ての住民が私達を見るために下りてきていた。サンボ――黒人とインディオとの混血の先住民はこう呼ばれている――の中の一人が礁の外側まで出て来て乗艦し、港へと水先案内をしてくれ、投錨した後も艦上に残っていた。彼の名前はクリスチャン・ジョージ・キングといい、艦の全乗組員に誰よりも好意的であった。海兵隊の一兵卒でなく、クリストファー・コロンブス号の艦長であったなら、当然なすべき事という以外に、その理由についての説明はつかなかったけれども、この男と出会った最初の日に、私はクリスチャン・ジョージ・キングを――王様でもジョージでもなく無論クリスチャンでもなかったところの——海へけ落としてやりたかった、ということを今、ここにおいて、告白するものである。

しかし、シルヴァー・ストア島の港で投錨したクリストファー・コロンブス号の艦上で、その朝武器を持って立っていた時、私の気分が取り立てて快適とはいえなかったということを、同様に告白しておかねばならない。私は辛い人生を送ってきたので、島のイギリス人の生活が安楽で明るそうに見えて気に入らなかったのである。私は心中秘かに思った。「お前達は学識もあるし良い人生を過ごしている。何でも好きなものが読めるし、好きなことが書け、好きなものを食べ飲むこともでき、好きなように過ごすことができ、何でも好きなことができる。そして海兵隊の一人の貧しく、無知な兵卒のことはお前達は気にも留めていない！　だがお前達がずっと恵まれ続け、俺がずっとひどい扱いを受けてきたということもまた、耐え難いことなのだ。お前達が滑らかな道を歩み、俺が荒れた道を歩んで来たことも。お前達が油の行程を歩み、俺が酢の行程を歩んで来たことも、全て耐え難いことなのだ」こんなことを思うのは馬鹿げているのはいうまでもなく、極めて嫉妬深いものであったが、それに私は取り付かれていた。激しく立腹していたので、一人の若く美しいイギリス人の女性が乗艦してきた時、内心次のような不満を抱いた。「あー！　お前達は恋人を持っている、間違いなく！」まるでそれが私の新たなる不快の原因であるかのごとく！

彼女は艦長の妹であった。その艦長はといえば体調を崩して、この時寝込んでしまっていたので陸へ運ぶことを余儀なくされた状態にあった。陸軍将校の娘であり、銀山の所有者の一人と結婚して、三人の子供を連れていた姉と一緒に乗艦してきた。彼女が島の光であり天使であることは容易に見てとれた。彼女をしげしげと見つめた後、私は前よりもずっと歪んだ状態で、又しても不満を抱いた。「この女の恋人が誰であろうと、俺はそいつが憎くてたまらない！」

わが指揮官である、リンダーウッド中尉も艦長と同じく寝込んでいて、陸へ運ばれた。彼等両名は私と同じ年頃の若者であり、西インド諸島の気候においてはひ弱すぎた。そんなことさえ私は気に入らなかった。この二人より自分の方がずっとこの職務に適していると思ったし、私達全員が応分の報いを受けるとすれば、この両名を合わせて一人として扱うだろうと思った。（命令書を読む力もないのに、この私がどのような類の海兵隊将校になったかは想像にお任せするしかない。そしてスループ型軍艦を指揮する方法の知識に関しては——ああ！　十五分後には軍艦を必ずや沈没させてしまったことであろう！）

しかしながら、それがわが想いなのであった。私達兵卒が上陸し解散となった後、私はチャーカーと二人であたりを歩きながら、相も変わらぬ不快な気分で観察を行った。

美しい所だった。家並みは現地とイギリスとの流儀が混じり合ったもので、そのため見ていて心地良く、削り取られてこの場所まで漂流してきて、漂っている間に環境に適応する力を身に付けた家屋の切れ端のように見えた。二十五は数えられそうな、サンボの小屋は停泊地の左側に砂浜沿いに下った所にあった。右側には兵舎のようなものがあり、機会さえあれば、その小さなイギリス人の開拓地が団結できるようにと、現地の旗とイギリス国旗とが、同じポールではためいていた。それは内側にグランドのようなものを持つ、壁をめぐらした正方形の建物で、その中に弾薬庫のような一段低くなった建物があり、周囲をめぐる小さな正方形の溝と、ドアに通じる階段を備えていた。チャーカーと私は警備兵のいない門から中を覗きこんだ。私はチャーカーに、弾薬庫に似た建物に関して、「あれが銀を保管している所だな」と言い、チャーカーはじっくり考え込んだ後、「銀は金ではない。そうだろう、ギル？」と私に答えた。その時私が非常な不快感を覚えたあの若く美しいイギリス人の女性が、ドアの一つから、もしくは窓の一つから顔を出した――いずれにせよ光る日よけの下から、顔を出したのだ。軍服を着た我々両名を認めるやいなや、我々の敬礼を受けて軽快に外へ出てきた彼女は、依然として麦わらで編んだ幅の広いソンブレロをかぶっていた。

「中へ入って」と彼女が言った。「内部をご覧になりません？　かなり変わった家並みでしょう」

我々はお礼の言葉とともに、迷惑をおかけしたくないと彼女に言ったが、母国からこんなに遠く離れた所で、イギリス人の集団の暮らしぶりを同国人にお見せするのは、軍人の娘である彼女にとり煩わしいことでも何でもないとの返事が返ってきたので、改めて敬礼をして、中へと入った。それで、日陰に並んで立ちながら、（美しさに負けず劣らず感じの良い物腰で）彼女は、それぞれの家族が住んでいる家々の様子、必需品を保管している共有の建物、共有の読書室、音楽とダンス用の共有の部屋、教会用の部屋等について、説明をしてくれ、もっと暑さが増した時に移り住む合図の丘《シグナル・ヒル》と呼ばれている高い所にある家々についても説明してくれた。

「あなた達の指揮官は丘に運ばれました」と彼女は言った。「わたしの兄もです。下より空気が良いので。現在は、ここの限られた数の居住者は銀山とこの島とに分散しています。つまり銀山と島とを往復したり、あるいはそこに滞在する人数はそれだけ減っていることになります」

(「この娘の恋人はお前達の中の一人なのだ」と私は思った。「誰かがそいつの首をたたき落としてくれたらよいのに」)

「結婚している女性の何人かは」と彼女が言った。「少なくとも半年の間、未亡人のように淋しく、子供と島で暮らしています」

「ここには子供が沢山いるのですか?」

「十七人います。既婚の女性が十三人いて、わたしのような女性が八人います」

彼女のような女性が八人いるはずはなかった——一人だっているはずはなかった——絶対に。彼女が言った意味は独身の女性ということだった。

「それで、様々な種類の三十人のイギリス人で」とその若い女性が言った。「現在この島の小さな開拓地は構成されています。船員は勘定に入れません、わたし達とは属している所が異なるので。軍人もそうです」彼女は軍人と言った時優しい笑みを浮かべた。「同じ理由で」

「サンボもそうですか」と私。

「そうです」

「失礼とは思いますが」と私は言った。「あの連中は信頼できますか？」

「申し分なくできます！　わたし達はあの人達に非常に親切にしていますし、彼等もとても愛想よくしてくれます」

「本当ですか？　ところで——クリスチャン・ジョージ・キングは——？」

「わたし達全員をとても好いてくれています。わたし達のためなら命を賭けてくれるでしょう」

極めて美しい女性達が常にそうであることを無学ながら私が気付いてきたごとく、彼女の揺るぎない落ち着き払った態度がその発言に大いなる重みを与えていたので、私は彼女の発言をそのまま受け入れた。

それから彼女は我々に弾薬庫に似た建物を指差し、銀が銀山から運び出され、そして本土から島へ運搬されて、保管される方法について説明してくれた。今年はいつも以上に産出量が多く、銀に加えて箱一つ分の宝石類もあるので、クリストファー・コロンブス号が運ぶ荷物は豊かなものになるだろう、とも説明してくれた。

周囲を見回し、我々の存在が迷惑を掛けるのではないかとの恐れから、おどおどし始めた時、彼女は我々の注意をイギリス生まれではあるが西インド育ちの、彼女のメードを勤めている若い女性へ向けてくれた。この女性は正規軍の一連隊の下士官の未亡人であった。彼女はセント・ヴィンセント（西インド諸島東部、ウィンドワード諸島の一島）で結婚し、僅か二、三ヶ月で未亡人となったのであった。少し生意気で、輝く両眼と、小綺麗な足と姿の、やや上向きの小さな鼻を持つ女性であった。キスを求めていると誘いをかけるように見せて、それに乗ると顔をひっぱたく類の若い女だと、私はこの時判断した。

彼女の名前が最初は分からなかった。というのも私の質問に答えての彼女の言葉が、ベルトットと聞こえて、きちんと把握しているとは思えなかったからである。しかし、お互いがもっと打ち解けてきた時点で――彼女が見事な腕前を発揮して作ってくれたサトウキビ入りのサンガリー（ワインや蒸留酒などに砂糖・香料・氷などを入れて冷やして飲む）を、チャーカーと私が飲んでいる間にそういう状況となった――私は彼女のクリスチャン・ネームがイザベラであり、それが短縮されてベルと通称され、故人の下士官の名前がトットである事実を見いだすこととなった。小柄で感じの良い女性であることからみんなの愛玩物となるのは当然のことであったので――私自身は玩具にぴったりの女性と出会ったことはそれまで一度もなかったが――彼女はベルトットという愛玩物のような名称を持つに至った。つまり、この島ではベルトットのみが彼女の名前なのであった。ポーディッジ弁務官閣下でさえも（彼は重々しい男であった！）人前で彼女をベルトット夫人と呼んでいた。だが、ポーディッジ弁務官閣下に言及するのはもう少し後のこととしたい。

スループ型軍艦の艦長の名前はメアリアンといい、それ故に彼の妹、つまりその美しい独身の若いイギリス人女性がメアリアン嬢であることは、ベルトット夫人から聞くまでもなかった。ただ彼女のクリスチャン・ネームもメアリアンであることは、初めて知ったことだった。メアリアン・メアリアン（Marion Maryon）。私はこの名前を、詩の断片のように、何度も繰り返し心の中で呟いたものだ。おお何度も、何度も、何度も繰り返して！

我々は出された全ての飲み物を、立派で正直な人間にふさわしく、飲み干し、別れを告げ、浜辺へと下りた。天候は美しく、風も安定して、弱く、静かだった。島も、海も、空も、一幅の絵であった。この土地では一年に二度も雨期がある。一つはイギリスの洗礼者ヨハネの祝日《ミッドサマー・ディ》（六月二十四日）のあたりで始まり、他方の雨期は聖ミカエル祭《ミケルマス》（九月二十九日）の二週間後あたりから始まる。その時は八月の初頭で、一度目の雨期は完全に終わっていたので、万物が最高に美しく成長し、この上なく麗しい姿を見せていたのである。

「この島の連中は楽しく過ごしているよな」と又しても不機嫌になりながら、私はチャーカーに言った。「兵隊業よりは快適だよ」

我々は浜辺に下りて、そこで野営し小屋に宿泊していたボートの乗組員と親しく交わろうと思った。それで砂浜を越えて彼等の宿営地に向かって進んだ、その時クリスチャン・ジョージ・キングが波止場から狼のごとき早足で出現して、「ヤップ、ソージャー！」と叫んだ――これは「おーい、兵隊さん！」という意味の、サンボの水先案内人であるこの男の粗野な言い方なのであった。すでに説明したように無学であるので、私の話に偏見が混じっているなら、情状酌量して頂きたいと思う。ここで私が抱いている偏見の一つを告白しよう。これが正しいものかそうでないかは分からないが、私はカキの中でオイスターと呼ばれるものは好きだが、ネイティヴと呼ばれるものは好きではないのだ。

それで、私にとって人間的に不愉快であった、クリスチャン・ジョージ・キングが「ヤップ、ソージャー！」と雄鶏のごとく鳴きながら、浜沿いに早足で姿を見せた時、正当な行為としてこの男に厳しい言葉を投げつけてやりたいという気持ちが、私の内に途方もなくふくれ上がった。それが懲戒を受ける場に自分をさらすということがなければ、私は間違いなく実行に移したであろう。

「ヤップ、ソージャー！」と彼。「厄介なことになっています」

「どういうことなんだ？」と私。

「ヤップ、ソージャー！」と彼。「軍艦に水漏れが起こっています」

「軍艦に水漏れ？」と私。

「そうです」と彼。非常に激しいしゃっくりにより彼から力ずくで引きずり出したかのような首の振り方とともに——これは彼等サンボがよくやる癖なのである。

私はチャーカーに目を向けた、そして二人ともポンプが軍艦に運び込まれる音を聞き、「乗船せよ。浜の人手を求む」という信号旗が掲げられるのを見た。間髪を入れず上陸を許可された乗組員の中の数人が水際へともうすでに走り出していたし、海賊に備えよとの命令下にあった、船員の集団が二隻のボートでコロンブス号へ向かって漕ぎ出していた。

「おお、クリスチャン・ジョージ・キング言います、お気の毒にと！」とその時サンボのごろつきが言った。「クリスチャン・ジョージ・キング叫びます、イギリス人のように！」彼のイギリス人のような叫び方は両腕に指関節部をねじ込み、犬のようにうなり、砂の上に仰向けに倒れて転がることだった。この男を蹴らないようにするのは腹立たしかったが、「駆け足、ハリー！」とチャーカーに声をかけ、我々は水際まで駆け下り、軍艦に乗り込んだ。

何らかの原因で、軍艦はひどい浸水を引き起こしていたので、どうポンプを使ってみても危険のない状態にすることは難しかった。湾内で沈没してしまう恐れと、沈没は免れたとしても、島の小さな開拓地のために運んできた必需品の全てが艦内にどんどん侵入する海水で駄目になってしまう恐れとの二重の理由で、大混乱となっていた。その真っ只中で、メアリアン艦長が浜辺で叫んでいる声が聞こえた。彼はハンモックで浜辺へと運ばれて来ていて、容態が極めて悪そうに見えた。だが彼が浜辺に立たせてくれと言い張って、ボートに乗り、具合の悪いことなどまるで無いかのごとく、艇尾床板にまっすぐに立って進んでくるのを、私はこの目で目撃したのだ。

急な会議が開かれ、メアリアン艦長は全員で積み荷を運び出す仕事に取り掛からなければいけないということ、それが済み次第、銃と重い物を運び出さねばいけないこと、軍艦を浜へ運び上げ、傾けて、浸水を止めなければいけないこと等をすぐに決断した。艦に乗り組んでいる私達全員が集合し（海賊狩りの連中は志願した）、一定時間の仕事と休息を交互に行うために、幾つかの隊に分けられた上で、全員精力的に仕事に取り掛かった。クリスチャン・ジョージ・キングは、彼の要請により、私と同じ隊に入り、誰にも引けを取らない熱心さで働いた。実を言うと、彼が極めて献身的に働いたので、艦内に侵入する海水の量に負けないスピードで私の彼への評価も上がっていった。侵入する海水の量と速さは増大する一方であった。

ポーディッジ弁務官閣下は家庭用の角砂糖入れに似た、何かの書類を収めた赤と黒との漆塗りの箱を所持していた。（私が理解し得た限りでは）その箱にサンボの酋長が酔っ払ってインクをこぼしたために、島の合法的な所有を断念したということだった。この箱を所有しているためにポーディッジ氏は弁務官の称号を入手した。彼は領事とも呼ばれていたし、自身では「総督《ガヴァメント》」と称していた。

彼はこわばった関節と、とがった鼻を持つ老紳士で、脂肪が全く付いておらず、怒りっぽい性格と非常に黄ばんだ肌の持ち主であった。ポーディッジ弁務官夫人は、性の違いを考慮に入れても、夫と相似形だった。小柄で、若振りで、頭のはげた、植物と鉱物から作り出されたような紳士であるキトン氏も銀山と関係を持っていた――もっとも島の全住民が多かれ少なかれ、銀山と繋がっていた――ポーディッジ弁務官閣下から副弁務官とも、時には領事代理とも呼ばれていた。また時には彼はキトン氏を、単に「総督に仕える役人《アンダー・ガヴァメント》」と呼ぶこともあった。

砂浜はスループ型軍艦を横倒しにする準備と、積み荷、マストの円材、索具装置、水の大樽などをあちこちに積み重ねる作業とで活気ある場面となり始め、帆と寄せ集めの物とで一方の側に可能な限り組み立てられて砂浜に出現した乗組員達の臨時宿泊所も活気をかもし出していた。そうした時ポーディッジ弁務官閣下が大あわてで登場し、メアリアン艦長に面会を求めた。容態は良くなかったけれども、艦長は指揮をとるために、二本の木に吊したハンモックで横になっていた。彼は頭を起こして、自分で返事をした。

「メアリアン艦長」とポーディッジ弁務官閣下が叫んだ。「これは非公式だ。これは非公認だ」

「閣下」と艦長。「貴方に連絡をとり、貴方の力で出来るあらゆるささやかな援助を頂くように要請することは、書記官兼積み荷監督官との間で取り決めたことです。それは正当に遂行されたと私は確信しています」

「メアリアン艦長」とポーディッジ弁務官閣下。「書簡による連絡は皆無だ。いかなる書類も、覚え書きも作成されていないし、いかなる記録も、記載も、副の記載も公式書類も見当たらない。これは常軌を逸している。全てが法に適うまで中止するように私は君に要求する、さもないと総督としてこれを問題として取り上げることになるぞ」

「閣下」とメアリアン艦長が、少しいら立ち、ハンモックから顔を起こして言った。「総督閣下がこれを問題として取り上げる危険と、私の艦が沈没する危険とを計りにかけろとおっしゃるなら、私は進んで前者に身をゆだねます」

「そうするのか?」とポーディッジ弁務官閣下が叫んだ。

「そうです」とメアリアン艦長が、再び横になりながら、言った。

「それでは、キトン君」と弁務官。「直ちに私の外交官用コートを届けてくれ」

キトン氏は丁度その時リンネル製のスーツを着ていたのだが、彼は自ら動いて外交官用コートを運んできた。このコートは青色の布製で、金のレースと、王冠入りのボタンとが付いていた。

「ところで、キトン君」とポーディッジ氏。「私はこの島の副弁務官であるとともに、領事代理でもある君に、スループ型軍艦であるクリストファー・コロンブス号のメアリアン艦長に、この外交官用コートを着用する事態に私をどうしても駆り立てるつもりがあるかどうか、尋ねるよう命令する」

「ポーディッジ閣下」とハンモックから再び顔を起こして、メアリアン艦長が言った。「貴方の声が聞き取れるので、キトン氏を煩わさずとも私がお答えします。私のために暑苦しいコートを着用する手間をお掛けすることを申し訳なく存じます。しかし、こうでもしないと、私が表明しなければならないあらゆる反対意見に対して、そのコートを後ろ前に、もしくは裏返しに着用するか、袖に足を入れるなり、裾に頭を突っ込むかして、貴方は気持ちをどうにでも満足させることができるからです」

「よく分かった、メアリアン艦長」とポーディッジ氏が、激怒して言った。「よろしい。この結果がどうなろうとそれは君の責任だからな！　キトン君、こういう事態を迎えたからには、コートを着用するのを手伝ってくれたまえ」

そうした命令を発して、彼はコートを着用したまま歩み去り、私達全員の名前が書き留められた。そして指示を受けたキトン氏が書き終えるまでにかつて勘定したことがないほどの、何とか終了に漕ぎ着けた時には、その数を見失ってしまうくらい沢山の大きな紙を費やして書き留めたという噂を私は後で耳にした。

それにもかかわらず、私達の仕事は快調に進められ、浜へ引き上げられたクリストファー・コロンブス号は、陸に上がった河童のごとく力なく横たわっていた。艦がそのような状態でありながら、コロンブス号と、乗組員と、その他の訪問客に敬意を表して、祝宴と、舞踏会と、ショーが、もっとふさわしい表現をするならこれら三つのものが一緒になった催しが開かれた。この催しで、島の全住民に漏れなく会えたと、私は信じている。数名を除き特には注意を払わなかったが、様々な年齢の、そして殆どが非常に可愛い子供達に――大抵の子供達がそうであるように――世界のかようような片隅で会えるのは気持ちの良いことだと思った次第。一人の美しく黒々とした目と白髪交じりの頭を持つ年輩の婦人がいたので、私はその姓名を尋ねた。ヴェニング夫人だと教えられ、金髪のほっそりとした、彼女の結婚している娘はファニー・フィシャーという名前だと言われた。生き写しの幼子を抱きしめた彼女は、全くの子供であるように見えた。銀山から帰ってきたばかりの彼女の夫は、妻をとても自慢に思っているようであった。全体としては住民は見目麗しい人達であったが、私は気に入らなかった。私は不機嫌になり、チャーカーとの話の中で、彼等のあら探しをやった。ヴェニング夫人を高慢ちきだと言い、フィシャー夫人を、華奢で小柄で幼稚だと悪く言った。この男をどう思うか？　全くもって素敵な紳士だよ。あの女はどうか？　全くもって素晴らしい淑女だよ。この気候で育ち、熱帯の夜が輝き、音楽が演奏され、大樹が影を作ってくれ、柔らかなランプで照らされ、ホタルが明滅し、色鮮やかな花と鳥が目を楽しませてくれ、美味のお酒を持って飲むことができ、おいしいフルーツを摘み取って食べることができ、かぐわしい空気の中で誰もが楽しく踊りながら囁きあい、サンゴ礁で小さく砕ける波が心地よいコーラスとなってくれるような彼等が、好感の持てる人間であると思えるか、と（私はチャーカーに尋ねた）。

「素敵な紳士と素晴らしい淑女ばかりだよ、ハリー？」と私はチャーカーに言った。「そうだ、本当にそう思うよ！　人形！　人形だよ！　海兵隊の貧しい兵卒が身に付けている類の衣服を着ることはあり得ない！」

しかしながら、彼等が温かくもてなしてくれる人々であり、私達を心からもてなしてくれることを私は否定できなかった。私達全員がパーティに参加し、ベルトット夫人は扱いきれないほどの相手と踊った。一晩中踊り続けたけれども。（クリストファー・コロンブス号の乗組員であろうが、海賊追跡隊の隊員であろうと、どちらでも同じことだ）兵卒に関していうと、彼は同僚の兵卒と踊るか、一人で踊るか、月、星、木々、景色、その他あらゆる物と踊るかした。輝く目、日焼けした顔、そしてゆったりとした姿を持つ、海賊追跡隊の隊長を務める将校を私は全く好きになれなかった。メアリアン嬢を腕に抱いて、我々がいた所に彼が初めて偶然にやって来た時の態度も気にくわなかった。「カートン大尉」と彼女。「こちらのお二人はわたしの友人でしてよ！」「本当に？　この二人の海兵隊員が？」と大尉――チャーカーと私を意味する言い方をして。「そうです」と彼女。「初めて上陸したお二人に、シルヴァー・ストア島の全ての素晴らしさを教えてさしあげたの」彼は楽しそうな表情を見せ、言った。「お前達は運がいい。上陸してこんな素敵なガイドに案内してもらうことが今一度あるなら、私ならばその次の日に降格されて平水夫に落とされてしまうぞ。お前達は本当に運がいい」我々が敬礼をし、彼とメアリアン嬢がワルツを踊りながら離れていった時、私は言った。「幸運の話しをするとは、いけ好かない野郎だ。地獄にでも落ちてしまえ！」

ポーディッジ弁務官閣下と奥方は、このパーティで現実の大英帝国よりずっと偉大な大英帝国の国王と王妃のごとく登場してきた。この楽しい夜の他の二つの出来事だけは私に極めて異なる印象を刻み付けた。その一つは以下のごとくであった。海兵隊のわが特派部隊に、トム・パッカーという名前の、荒っぽく不安定な若者ではあったが、ポーツマス海軍造船所の立派な船大工の息子であり、良い出自でしっかりとした教育を受けている男が、一続きのダンスの後私の所へ来て、肘を取り脇の方へ私を連れて行き、怒りの罵り言葉を交えながら、言った。

「ギル・デイヴィス、ドルース軍曹をいつの日か殺してやりたい！」

ところで、ドルースが常にこの男にとりわけ厳しく当たっているのを知っていたし、この若者が非常に激しい気質の持ち主であることも知っていたので、私は言った。

「なんと、馬鹿なことを！ そんな話を俺にするな！ 隊の中で暗殺者の名前を軽蔑する人間がいるとすれば、それはトム・パッカーその人に他ならないはずだ」

トムはひどい汗をかいていたので、顔を拭き、言った。「俺もそうありたい。しかしたった今俺にしたように、女の前で、あいつが威張ってえらそうにする時自分がどうなってしまうか俺にも分からない。いいかい、ギル！ よく聞け！ もしも俺とドルース軍曹が同じ合戦に参加して、あいつを救うことが俺の双肩にかかるという事態になれば、あいつにとっては厳しい展開となるだろう。そうした時あいつに祈りの一つでも言わせてやろう。あいつはもう駄目だし、死を迎えるだけだから。絶対にだ！」

私は彼の言葉を心に刻み付けた。そして程なくその通りのことが持ち上がったが、それについては少し先で触れようと思う。

ダンスの時に私の目を引いたもう一つの出来事は、クリスチャン・ジョージ・キングの陽気さと愛情に満ちた態度であった。このサンボの水先案内人の邪念を感じさせない上機嫌と、開拓地の全住民、なかでも特に女性と子供達に対して、彼がどれほど好意を抱き、献身的な気持ちを持っているか、現在、未来永劫に渡って、命に換えてでも忠誠を尽くすつもりでいることなどが、私に強い印象を与えた。サンボであるなしを問わず、一人の人間がまるで幼子のごとく気持ちよく美しい程度にまで、信頼に満ちかつ信頼され得るとすれば、その朝やっと横になって休息をとった時、間違いなく、それはサンボの水先案内人、クリスチャン・ジョージ・キングだと私は思った。

この想念が彼の夢を見たことの誘因であるかも知れない。彼は私の眠りに、角に貼り付くようにして居続け、追い払うことは不可能だった。何度も目が覚めてはまどろんだけれども、彼は常に私の周りを飛び歩き、踊り回り、ハンモック越しに私を覗き続けた。ついに、両目を開けた時、彼は本当に居て、小さく暗い仮兵舎の開いている側から覗き込んでいた。この兵舎は葉っぱで作られ、私のと並んでチャーカーのハンモックも吊られていた。

「ソージャー！」と彼が、低いしゃがれ声で言った。「ヤップ！」

「おい！」と私、驚いて。「どうしたんだ？　お前は本当にそこにいるのか？」

「そうです」と彼。「クリスチャン・ジョージ・キングは知らせを持って来ました」

「何の知らせだ？」

「海賊が現れました！」

私はすぐにハンモックから飛び降りた。チャーカーもそうだった。我々二人はカートン大尉が、ボートを指揮しながら、秘密の合図のために本土を絶えず監視していることには気付いていた。もっとも、当然のことながら、その合図の実体については我々のような兵卒には何も教えられてはいなかったけれども。

クリスチャン・ジョージ・キングは我々が飛び降りる前に姿を消した。しかし、静かに集合するようにとの命令がすでに兵舎から兵舎へと伝えられていて、我々は敏捷なキングが事の真相か、もしくはそれに近いものを把握してしまっていることを知ったのである。

海軍と陸軍からなる、私達の宿営地の背後にある樹木中の空き地に居心地良く仕切られた場所があり、そこで使用する物資が保管され、調整も行われていた。ここに集合せよとの指令が伝えられた。指令はすばやく伝達され、（私達に関する限りは）残酷な男という点ではたちが悪いが、兵士という点では申し分のない、ドルース軍曹により伝達された。私達は樹木の中のこの場所に、静かに一人ずつ、集まるようにと命令された。私達が集合した時、海軍も集合した。私の判断では、十分以内には、全員がこの場所に集合していた、浜辺のいつもの歩哨は別として。浜辺は（樹木の間から見ることができる限りでは）一日の最も暑い時間に常に見せる様相と変わりはないようだった。歩哨は軍艦の船体の影に居たので、かすかに動いている海を除くと、動いているものは皆無だった。陽光の激しさが収まって、海風が吹くまでは、仕事はいつも中断されていた。それでその日は仕事の無い休みの日であったが、昼下がりの光景自体は、別に変わりはなかったのである。とはいえその日は休みの日であり、きつい仕事が始まってから最初の休みであったことを言っておきたい。浸水が修復され、傾きが収まったことを受けて、昨夜のダンス・パーティが催されたのだ。最悪の仕事が終了し、明日私達はスループ型軍艦を再び浮かばせることになっていた。

私達海兵隊は武装して整列していた。海賊追跡隊とコロンブス号の乗組員も別々に整列していた。将校達が三隊の中心に歩み出て、全員が聞きとれる声で話した。カートン大尉が指揮官であり、携帯用望遠鏡を手にしていた。彼の先任下士官が別の望遠鏡と、大尉が合図を書き記したように見える石板とを持って傍らに立っていた。

「さて、諸君！」とカートン大尉。「君達に知らせて、得心して貰わなければいけないことがある。まず第一は、強力に武装して乗り組ませた十隻の海賊のボートが、砂浜の向こうの入り江の奥、生い茂った樹木の垂れ下がった枝の下に潜んでいるということだ。二番目は、奴等は間違いなく今夜月が昇る頃に出撃し、本土のある場所を狙って、略奪と虐殺を行うだろうということだ。三番目は――喚声はあげるな！　――私達は追跡をして、奴等に攻撃を掛けることができるなら、神のご加護を得て、奴等を一人残らずやっつけてしまうということだ！」

わが耳と目で判断できる限りでは、誰も無言のままであったし、身動き一つしなかった。だが全員が真摯な態度で答え受け入れたかのごとき、雰囲気が張りつめていた。

「大尉殿」とメアリアン大尉が言った。「この作戦に私もわが艦のボートと共に、進んで参加致します。わが部下も、見習い水兵に至るまで進んで参加致します」

「国王陛下の軍隊に勤務している者として」と、帽子に軽く触れながら、カートン大尉が言った。「喜んで貴方の申し出を受け入れます。リンダーウッド中尉、君はどういう風に人員を分けるつもりか？」

メアリアン大尉とリンダーウッド中尉という病気中の二人の将校を眼前で見た時、彼等についてのわが想いを心底から恥じた――可能な限り大きくはっきりと書き留めて頂きたく表明している次第である。聖ジョージが竜退治をしたごとく（イングランドの守護聖人聖ジョージが悪竜退治をしたとの伝承がある。祝日四月二十三日）、二人の気迫が病気を打ち負かしていた（それも重い病気であることを私は知っていたのだが）。苦痛と衰弱、くつろぎと休息の不足といったものは、恐怖そのものと同じように彼等の心に何の影響も及ぼしてはいなかった。この時私が感じていた気持ちを正確に書き取って下さるように奥様にお願いしつつ、おのが気持ちを説明すれば次のごとくである。「俺が激しい悪意を抱いてきたあなた達勇敢なお二人について、死の場面を迎えていたとしてもあなた達は死を先に延ばして立ち上がり出来る限りのことをするであろうということと、極めて控え目な人柄であるので再び死の場面に臨んだ時、『これだけのことをやった！』とは殆ど言わないであろうということを私はよく知っている」

この気持ちは私を揺り動かした。本当に揺り動かした。

だが、話を本筋に戻そう。カートン大尉がリンダーウッド中尉に言った。「君はどういう風に人員を分けるつもりか？　君の隊全員がボートに乗ることは不可能だ。そして、いずれにしても、何人かはこの島に残しておかねばならない」

それについての話し合いが行われた。ついに、艦の二人の見習い水兵に加えて、八人の海兵隊員と四人の水兵を島に残すことが決められた。友好的なサンボは危険が生じた場合命令されることを望んでいるだけであろうと考えられたので（これで不安を感じている者は皆無であったけれども）、将校達はドルースとチャーカーとの、二人の下士官を残して行くことで意見の一致をみた。私自身が島に残る一人となったことにひどく落胆したように、下士官の二人にとってもそれは同じことであった——この時はそうであったが、すぐ後でそうではなくなる。我々兵卒はくじ引きを行い、私は「島」を引いた。トム・パッカーもそうであった。あと同じ階級の四人の兵卒もそうであった。

全てが決定した後、女性達と子供達に驚きを与えないためと、今以上の志願者の出現により遠征を困難な状態にしないようにするために、計画されている遠征について口外しないようにとの口頭の命令が全員に下された。日没時同じ場所に集合するようにとの命令も。しばし、全員が通常の任務で忙しい様を見せかけるようにとの命令も下された。即ち、武器と弾薬に責任を持つこと、オール受けを布で覆うこと、全てを可能な限り手際よくすみやかに静かに行うこと等を、一名の将校と共に、指示された四名の信頼できる老練な水兵以外の全員に、上記の命令が下されたのである。

サンボの水先案内人は必要とされる時に備えて、ずっと待機しており、指揮官に、五百回も繰り返して、クリスチャン・ジョージ・キングは兵隊達と一緒にいたいし、ブーファーな婦人方と子供達の世話をしたいと言明した――ブーファー（boofer）とは「美しい」を意味する原地住民が使う言葉である。彼はボートを浜から押し出すことに関して、中でもとりわけ島の裏側に船を進める道筋があるかどうかに関して二、三の質問を受けていた。後者に関してはカートン大尉が望んでいて、島影に沿って進み本土へ斜めに横切る方法を考えていた。だが、「駄目」とクリスチャン・ジョージ・キング。「駄目、駄目、駄目！　十回も言ってます。駄目、駄目、駄目！　すべて浅瀬、すべて岩、みんな泳ぐ羽目になり、みんな溺れてしまう！」狂った泳者のように、そう言いながら激しくもがき、砂浜に仰向けに倒れ、息絶えんばかりに口から泡を飛ばし、一種異彩を放つ見ものとなった。

ゆっくりと進行していると思えた日没を迎えて、集号令が掛かった。もちろん、全員が自分の名前に返事をし、整列していた。まだ完全には暮れきっていない中で、点呼が終わったばかりの時、ポーディッジ弁務官閣下が外交官用コートを着用して現れた。

「カートン大尉」と弁務官閣下。「これは一体何事なのか?」

「弁務官閣下、これは」(大尉は閣下に極めて無愛想だった)。「海賊と戦う遠征隊です。秘密の任務なので、口外なさらぬよう」

「大尉」と弁務官閣下。「無用な残酷さが発揮されることはないように?」

「閣下」と大尉。「それは請け合えません」

「それでは不十分だ、大尉」と激怒して、ポーディッジ弁務官が叫んだ。「カートン大尉、君に警告しておく。君が敵をこの上ない丁寧さ、配慮、慈悲、そして寛大さを込めて扱うようにと」

「閣下」とカートン大尉。「私はイギリス人の部下を指揮する、イギリス人将校です。それで閣下が代表される政府の正当な期待を失望させたくはありません。しかし、海賊旗を掲げたこれらの悪漢どもがわが同胞の財産を略奪し、住居を焼き払い、子供達に至るまで残酷に殺害し、わが同胞の妻と娘達に殺害以上の悪行を働いている事実を閣下は御存知だと思いますが?」

「知っているかもしれないし、カートン大尉」と弁務官が、威厳をこめて手を振りながら、返答した。「知っていないかもしれない。政府としては慣例にないことなので、明言はしないのだ」

「閣下、貴方がどうなさろうと、それはどうでもいいことです。神のお許しの下に任務を委託されていることと、悪魔から直接受けたのではないことを信じて、海賊達を地球上から根絶するために、無用な苦痛は極力避け処刑もできる限り慈悲深く迅速に遂行しつつ、責務を果たすつもりです。閣下、帰宅して、外へはお出にならないように御忠告申し上げます」

それ以上は一言も大尉は弁務官に話し掛けないで、部下の方に向きを変えた。弁務官は外交官用コートの顎の下のボタンまでとめ、「キトン君、ついて来てくれ！」と言い、喘ぎ、窒息しそうになりながら、急ぎ立ち去った。

本当に、その時夜の到来となった。それ以上の闇を見たことはなかったが、真っ暗闇はまだ訪れてはいなかった。月は午前一時までは昇ってこなかったし、私達が集合した場所で横になったのは午後九時を少し過ぎた時だった。仮眠をとっているように見せかけてはいたが、いかなる眠りもその時の状態ではとることができないことは全員が心得ていた。みんな非常に静かにしていたけれども、落ち着かない感じが付きまとっていた。大きな賭け金の付いたレースで乗馬せよとのベルが鳴る時に、競馬場にいる人々にとても近い感じが付きまとっていることを私は認めたのである。

午後十時、遠征隊が出航した。一度に一隻のボートが出航した。次のはその五分後に出航し、二隻は三隻目が追い付くまでオールで漕ぐのを止めた。先頭に立って、見慣れない小型カヌーの櫂《かい》を漕いで、これらのボートを礁の外へ安全に導くために、サンボの水先案内人が音もなく進んで行った。明かりは一度だけつけられ、それは指揮官の手にあった。私は手提げランプに火をつけ、乗船する時彼はそれを私から受け取った。遠征隊は信号用青花火の類は携帯していたが、殺人と同じくらい闇に包まれていた。

遠征隊は最高の静けさとともに出航していき、クリスチャン・ジョージ・キングが喜びで踊りながらじきに戻ってきた。

「ヤップ、ソージャー」と彼は非常に嫌悪すべき激しい喜びの発作を示しながら、私に声を掛けた。「クリスチャン・ジョージ・キングとても嬉しい。海賊ども一人残らず吹っ飛ぶ。ヤップ！ヤップ！」

この人喰い人種《カニバル》（西インド諸島に住むカリブ族は人肉を食べると信じられていた）に対して私は、「お前の喜びがどんなに大きかろうと騒ぐのはやめてくれ。更に激しく飛び跳ねて膝を叩くのもやめてくれ。どうにも我慢できないので」と答えた。

私はこの時任務についていた。島に残された我々十二名は四班に分かれて、三人で三時間ずつ歩哨の任務につくことになっていた。十二時で任務が交代となった。それより少し前、私は誰何《すいか》した、するとメアリアン嬢とベルトット夫人が入って来た。

「デイヴィス」とメアリアン嬢。「何事が起こったの？　兄は何処にいるの？」

私は起こった出来事と、メアリアン大尉の居場所を伝えた。

「おー神様兄をお助け下さい！」両手を握り締め見上げながら、彼女が言った――彼女は私の眼前にいた、そして間違いなく最高に美しく見えた。「兄は十分に回復していないので、その様な戦いができるほどの強さはないのよ！」

「あなたが彼をご覧になったら」と私は彼女に言った。「志願した時の彼を私が見たように、彼の魂はどんな戦いもできるほど十分に強いことがお分かりになったと思います。いかなる任務につこうとも、彼の魂が彼の体の支えとなることと存じます。強い魂は常に彼を立派な人生に導くか、さもなければ勇敢な死をもたらすことになろうと思います」

「貴方に神のお恵みがありますように！」と私の腕に触れながら、彼女が言った。「それはよく分かっています。貴方に神のお恵みがありますように！」

ベルトット夫人の震えながらも無言だったことが私を驚かせた。交代となった後も、二人は依然としてたたずんだまま海を見つめ聞き耳を立てていた。とても暗かったので、私は彼女達に送らせてほしいと申し出た。メアリアン嬢はとても喜び、私と腕を組んでくれ、私は無事送り届けた。私はこれから奇異に思われるかも知れない告白をしなければならない。二人の女性を送り届けた後、浜辺でうつ伏せになって、スノリッジ・ボトムで子供の頃小鳥を脅していた時以来初めて私は、自分がどれほど貧しく、無知で、身分の低い、一兵卒に過ぎないかということを思って、涙を流した。

これは三十秒かそこらの出来事に過ぎなかった。人間は常時自分を完全にコントロールすることは不可能であり、これは三十秒かそこらの出来事に過ぎなかったのだ。それから私は立ち上がって兵舎に戻り、ハンモックに入って、睫毛《まつげ》をぬらし、苦悶に喘ぎながら眠りについた。子供の頃、普段以上の虐待を受けた時しばしば体験したのと全く同じように。

（かくのごとき境遇にある子供と同じく）私は十分な眠りをとることはできたが、痛苦の想いはずっと付きまとい続けた。「兄は毅然とした人です」という言葉で、私は目を覚ました。ハンモックから飛び起き、火縄銃をつかみ、その言葉を呟きながら、地面に降りた。「兄は毅然とした人です」しかし、わが状態の珍奇さは、私が誰かにならってその言葉を繰り返し言っていることと、それを聞いてひどく自失していることにあった。

我に帰るとすぐに、私は兵舎から出て、歩哨の所へ行った。チャーカーが誰何した。

「誰だ？」

「友人だ」

「ギルか？」と彼。担え銃《つつ》をしながら。

「そうだ」と私。

「どうしてハンモックで寝てないんだ？」と彼。

「暑すぎて眠れないんだ」と私。「異常はないか？」

「ない！」とチャーカー。「万事ＯＫだ。ここでおかしな事が起こるはずはないだろう？　知りたいのはボートについてだよ。周りで点滅するホタルと、水中に飛び込む時に大きな魚が立てる孤独な水しぶきの音を除くと、俺の心をボートから放して楽にしてくれるものは何もない」

月が洋上に姿を見せ、三十分くらい前に昇ってきた感じだった。チャーカーが海の方を向いて、話をしていたので、陸の方を向いていた私は、彼の胸に出し抜けに私の右手を置き、言った。「動くな。振り返るな。声も大きくするな！　ここでマルタ人の顔を一度も見てはいないよな？」

「そうだ。一体何の話をしてるんだ？」と私を見つめて、彼が言った。

「片目で鼻に絆創膏を貼った、イギリス人の顔も一度も見てないよな？」

「そうだ。どうしたんだ？　何を言ってるんだ？」

月光に照らされて、ココナツヤシの幹のあたりで我々を見つめていた二人を、私は見たのだ。同じ場所で一方の手で、二人を濃い影に引き戻したサンボの水先案内人も見た。微風に吹かれて浜辺の木々に寄せて来た波間の月光の破片のごとく、彼等の抜き身の短剣がキラリと光るのも見た。私は一瞬の内に、これら全てを見た。（誰でもそうであったように）私は即座に、信号で伝えられた本土での海賊の動きは策略でありフェイントであること、浸水はスループ型軍艦を使えなくするために仕組まれたこと、島を無防備にするために、ボートが誘い出されたこと、海賊達が島の裏側の秘密の通路から上陸したこと、クリスチャン・ジョージ・キングは極め付けの裏切りものであり、悪魔のごとき人非人であることなどに気付いたのである。

同じく一瞬の間に、私はチャーカーは勇敢ではあるが、頭の回転が速くはないことと、ずっと回転の速い、ドルース軍曹が近くに居ることを思い浮かべた。私はチャーカーに言い聞かせた。「我々は裏切られた。月が照らす海にしっかりと背中を向けて、君の真ん前にあるココナツヤシの幹を、全力をあげて、注意してくれ。いいな?」

「承知した」とチャーカーが、すぐに向きを変え、鉄の神経で所定の姿勢を取りながら、言った。「右は左ではない。そうだろう、ギル?」

数秒で私はドルース軍曹の兵舎に駆け付けた。ぐっすりと眠っている上に、眠りの深いタイプであったので、目を覚ますためには手で彼をつかまなければいけなかった。さわった途端に彼はハンモックから転がり出て、虎のごとく私に襲いかかった。激しい興奮状態で、自分が何をしようとしているかを知っていることを別にすれば、誰にもまして、彼はまさに虎であった。

彼を正気に戻すのに私はかなり激しく彼と格闘しなければならなかった。そして間断なく喘ぎながら(一息入れることができた時)、「軍曹、ギル・デイヴィスです! 裏切りです! 島に海賊が上陸しました!」と私は叫んだ。

私の最後の言葉が彼を正気に戻し、彼は両手を私から放した。「海賊の中の二人をたった今見ました」と私は言った。ハリー・チャーカーに言ったことをそのまま彼にも言った。残虐ではあったけれども、彼の軍人らしい頭は一瞬にして明快な状態となった。驚きの言葉さえ抑えて、彼は一語も無駄にすることなく指示を出した。「歩哨に」と彼は言った。「音を立てないで砦に退くように指示しろ」(とてもそのようなものではなかったが、私が以前言及したあの建物は砦と呼ばれていた。)「それからできる限り急いで砦に行き、そこの全員をたたき起こして門を閉めろ。私は合図の丘《シグナル・ヒル》にいる全員を連れて合流する。合流する前に我々が包囲されたら、お前は是非とも出撃して我々を救出しろ。合言葉は、『ウイメン・アンド・チルドレン!』だ」

乾いたアシ群を吹き渡る風を受けて燃える炎のように、彼は猛烈な勢いで出発した。非番の七名を起こし、眠気が抜けきらない内に、彼等を同様の激しいスピードで動かしつつ出発していった。私はチャーカーに指示を与え、砦に走った、人生でそれまで一度も経験したことのないスピードで。いや夢の中でさえ経験したことのないスピードで。

門は閉まっていなかったし、しっかりした錠も付いておらず、二重の木のかんぬき、貧弱な鎖、粗末な鍵が付いているだけだった。これらを両手で二、三秒の間にできる限り固く閉め、メアリアン嬢が住んでいる場所に駆けつけた。返事があるまで大声で彼女の名前を呼んだ。続けて大声で知っている限りの名前を――メイシー夫人〈メアリアン嬢の既婚の姉〉、メイシー氏、ヴェニング夫人、フィッシャー夫妻、そしてポーディッジ夫妻でさえ――呼びたてた。次に私は「全ての紳士方、起きてここを守って下さい! 私達は罠にはまりました。海賊が島に上陸しています。私達は攻撃を受けます!」と叫んだ。

「海賊!」という恐ろしい言葉を聞いて――というのは、これらの悪漢は創作において絶対に説明できないし、殆ど想い浮かべることさえできそうもない振る舞いをこの海域で行っているので——悲鳴と金切り声が至る所から起こった。素早く明かりが窓から窓へと動き、それと共に悲鳴も聞こえ、男達、女達、子供達が正方形の広場へと飛び降りてきた。こうした時でさえ、同時に驚くほど沢山のものが目に入ってくると私は思わず呟いた。メイシー夫人が三人の子供を連れて、私の方へ進んでくるのを認めた。ポーディッジ閣下が、ひどく怯えて、外交官用コートを着用しようと無駄な努力をしているのを認めた。キトン氏がうやうやしくポーディッジ夫人のナイトキャップにハンカチを結んで覆い隠そうとしているのも認めた。ベルトット夫人が金切り声を上げながら走り出てきて、私の近くでよろよろとし、両手で顔を覆い、震えながら、完全に一つの塊となって倒れてしまうのも認めた。だが、この上ない喜びをもって認めたのは、ご立派な紳士方《ファイン》だと思っていた銀山の男達が、持てる武器を携えて私の周りに集まってきた時の決然とした目であった。おのが命と引き換えに、私がそうなり得るであろう状態と充分比肩するほどの冷静で断固たる態度であった——そうだ、私も、この命を賭けるのだ、いうまでもなく!

メイシー氏が指揮者であったので、私は彼にまだ手を打っていないのなら、三人の歩哨をすぐに門に配置してほしいことと、ドルース軍曹と七人の部下がシルヴァー・ストア島の離れた場所にいる人々を迎えるために出かけて行ったことを伝えた。次に、彼にとり大事な全ての人々を愛するなら、いかなるサンボも信用しないこと、特に、クリスチャン・ジョージ・キングと出会う絶好のチャンスに恵まれたら、それを逃さずに、奴をこの地上から抹殺してほしいことなどを彼に強く求めた。

「君の忠告の全てに従うとしよう、デイヴィス」と彼。「次は何をしたらいいのか？」

私は「動かせる重い家具とがらくたとを運んで、門にバリケードを作ることを提案します」と返事をした。

「それも良い忠告だ」と彼が言った。「その作業を見届けてくれるか？」

「喜んでお手伝いします」と私。「上官であるドルース軍曹から別命が出ない限りは」彼は私と握手をし、数人に私を手伝うように指示を出して、武器と弾薬のチェックに元気良く取り掛かった。なんとも立派で機敏な、勇敢で着実な、信頼できる紳士であった！

メイシー夫妻の三人の小さな子供達の一人は聾唖《ろうあ》者であった。メアリアン嬢は最初から子供達全員と共にいて、なだめたり、服を着せたり（可哀想に、子供達は寝間着姿のまま連れ出されていた）、遊戯でゲームを行っていると信じ込ませていたので、何人かの子供はその時笑いを浮かべてさえいた。私は他の人々とバリケード作りに熱心に取り組み、門にかなりしっかりした防壁を築き上げた。ドルースと七人の部下は合図の丘にいた人達を救出して戻ってきて、私達の作業に加わったが、二人とも多忙であったので、私はドルースと一言も話をしなかったし、ドルースもそうであった。防壁が仕上がった時、私は子供を抱いたメアリアン嬢が傍にいるのに気付いた。彼女の黒髪はバンドで束ねられていた。彼女の黒髪は豊かであったので、邪魔にならないように急いで束ねられたそれは、入念に整えられた状態で私が見たものより、ずっとたっぷりとし貴いものに見えた。顔から血の気が失せていたが、極めて静かで落ち着いていた。

「ねえ、デイヴィス」と彼女。「貴方と話ができる時をずっと待っていたの」

すぐに彼女の方を振り向いた。マスケット銃の弾丸を胸に受け、そして彼女が傍らに立っていたとしても、私は倒れる前に必ずや彼女の方を振り向いたであろうと思う。

「この可愛らしい幼子は」と彼女が彼女の髪で遊び、それを引っ張ろうとしていた、腕の中の子供にキスをしながら、言った。「わたし達の話が聞こえないの——何も聞こえないのよ。わたしは貴方をとても信用し、大きな信頼を置いているので、一つ約束してほしいことがあるの」

「何ですか、お嬢さん？」

「わたし達が敗れて、わたしが連行されると確信した時は、あなたの手でわたしに止めを刺すという約束をしてほしいの」

「貴女に止めを刺すまでこの命が持ちこたえるということはあり得ません。そうなる前に貴女を守りながら死んで行きます。奴等が貴女を連行するにはわが死骸を乗り越えねばなりません」

「だけど、もしも勇敢な軍人であるあなたが生き残った場合は、あなたの手で止めを刺して貰いたいの」彼女は何と熱心に私を見つめたことか！「そしてわたしを、生ある姿で、海賊から救出できない時は、死後であっても、この私を救出してほしいの。そうすると約束して」

おお！　他の手段全てが失敗に終わったら、最後はそうすると彼女に言った。彼女は私の手——この荒れてごつごつした手——を取り、唇に当てた。子供の唇にも当て、子供はこの手にキスをした。戦いが終わるまで、この瞬間から、私の中に六人分の力が湧き起こったと信じている。

この間中、ポーディッジ弁務官閣下は海賊に向かって武器を捨てて立ち去るようにとの布告を出すことを望んだ。布告を認めるためのペンとインクを求めて叫んでいる彼に、全員がぶつかりつまずいた。ポーディッジ夫人もまた、彼女のナイトキャップの社会的地位に関する奇妙な考えを抱いていて（ナイトキャップには、まるでアーティチョークの類の白い野菜であるかのように、一つの内側に一つと層をなして、沢山のフリルが付いていていた）、絶対に取ろうとはせず、物を運んでいた他の女性達がそれを潰すときまって怒り出した。要するに、彼女も夫同様邪魔ばかりをしていた。

しかし、私達が守備隊を編成した時、二人とも邪魔だとして情け容赦なく押し退けられた。子供達と女性達を銀の保管倉庫を囲む小さな溝に集め（火を付けられることを恐れて、明かりのついた建物に彼等を残すことはできなかった）、私達は可能な限り最上の配置についた。量の点では、使えそうな刀と短刀の相当な備えがあった。それらが支給された。二十挺程度の予備のマスケット銃もあった。それも取り出された。驚いたことに、私が人形や赤ん坊と取り違えた小柄なフィッシャー夫人はそうした仕事で活発に動いただけでなく、予備の武器に弾を込めることに進んで加わった。

「何故なら、わたしはよく心得ているからなの」と楽しそうに、しっかりとした声で、彼女は言った。

「陸軍軍人の娘であり海軍軍人の妹なので、わたしにも心得があるの」と全く同じ態度で、メアリアン嬢が言った。

立っていた私の背後で、この二人の美しく華奢《きゃしゃ》な女性達は老練な最高の兵士のような揺るぎない態度で、銃を扱い、火打ち石をハンマーで打ち、安全装置をチェックし、他の人々が火薬と弾丸を手移しで渡すことを静かに導くことなどに取り掛かった。

ドルース軍曹の説明によると海賊達は数の上で非常に優勢で——彼の見積もりで百人以上——そしてこの時点でさえ、全員がまだ島に上陸しきっていないということだった。というのは、合図の丘から遠く離れた側の絶好の位置で、海賊達が明らかに残りの者の上陸を待ち受けているのが認められたからである。合図以後私達が初めて過ごす小休止の時、軍曹はこれをメイシー氏にもう一度報告した。するとメイシー氏が突然叫んだ。「合図！　誰一人合図なんか思い付いてはいないぞ！」

我々は合図については何も知らないので、思い付くことなどあり得ない、と叫んだ。

「何の合図をおっしゃっているんですか？」とドルース軍曹が、メイシー氏を鋭く見つめて、言った。

「合図の丘に薪が積み上げられている。それに点火して燃やせば——まだ一度も行われてはいないが——それが本土への危難の合図となるのだ」

チャーカーが即座に、叫んだ。「ドルース軍曹、その任務で私を派遣して下さい。今夜一緒に歩哨に立っていた二人を私に付けて下さい。そうすれば実行可能なら、薪にきっと点火します」

「もし出来ない時は、伍長——」とメイシー氏が割り込んだ。

「これらの婦人達と子供達を見て下さい！」とチャーカー。「彼等を救うチャンスに挑戦しないくらいなら、自分に火を付ける方がましです」

私達は彼に歓呼の声をあげた！——それは私達から噴き出た、どういうものであろうとも——そして彼は二人の部下を連れて、門から這いながら出て行った。門を扱う任務を済ませて持ち場に戻るやいなや、メアリアン嬢が低い声で背後から言った。

「デイヴィス、この火薬を見てちょうだい？　これは不良品よ」

私は顔を巡らした。又してもクリスチャン・ジョージ・キングだ。又しても奴の裏切りだ！　海水が火薬庫に運び込まれ、火薬全部が使えなくされてしまったのだ！

「ちょっと待て」とドルース軍曹が、私が事情を報告した時、顔の表情を全く変えることなく、言った。「お前の火薬入れを調べろ。トム・パッカー、お前も火薬入れを調べろ。こんちくしょう！　全員、自分の火薬入れを調べろ」

同じ狡猾な野蛮人が、とにもかくにも、火薬入れを持ち去っており、弾薬筒は全て使用不能だった。「ふん！」と軍曹。「装弾も調べて見ろ。それは大丈夫か？」

はい、大丈夫です。

「それでは、お前達、そして皆さん」と軍曹が言った。「この戦いは相手に接近したものとなるし、それだけ有利になります」

彼は嗅ぎタバコを一服吸い、日光を浴びながら――今やこうこうと輝いていた――芝居の幕開きを待っているかのごとく落ち着き払い、頑丈な肩と胸をピンと張って、立ち上がった。およそ三十分間、彼は静かに立っていたし、私達全員もそうだった。交わされたひそひそ話から、銀山に属していない我々が、銀のことを全く考えていないことと、銀山に属している連中が、銀のことをどれ程大きく考えているかということに私は気付いた。そうした三十分が経過した時、チャーカーと二人の部下が十二人ほどの海賊に追われながら、こちらに退却しているということが門から報告された。

「反撃だ！ ギル・デイヴィス以下の門の守備隊」と軍曹が言った。「三人を迎え入れろ！ さあ、勇敢に戦え！」

我々はそんなに手間取ることなく、三人を迎え入れた。「俺を婦人方や子供達の近くへ連れて行かないでくれ、ギル。避けようが無くなるまで、彼等は死を見ない方がいい。すぐに見ることになるのだから」とチャーカーが、私の首に抱きつき、門が閉められると私の足下によろよろと崩れながら、言った。

「ハリー！」と私は彼の頭を支えながら、答えた。「しっかりしろ！《コムラッド》」

彼はずたずたに切られていた。合図の薪は上陸した最初の海賊の一隊により確保されていた。彼の髪は煤けて抜け落ち、顔は松明から流れ落ちるピッチで真っ黒になっていた。

彼は苦痛のうめき一つ洩らさなかった。「さよなら、友よ」というのが微笑とともに洩れ出た、彼の最期の言葉であった。「俺は死んで行く。死は生ではない。そうだろう、ギル？」

助けを得て彼の遺体を脇の方に横たえ、私は持ち場に戻った。ドルース軍曹が眉を少し上げて、私を見た。彼にうなずいた。「お前達、こちらに詰めろ。みんなも！」と軍曹。「隊列が一つの場所に固まりすぎている」

海賊達はこの時には私達に迫って来ていて、その最前列はすでに門の前まで押し寄せていた。騒々しく叫び立てながら、近づいて来る海賊の数は増える一方であった。海賊全員が目の前にいると物音から判断した時、私達は英語で三回ときの声をあげた。幼児達も加わり、遊戯の最中だと信じ込んでいたので、声を楽しみ、それに続く沈黙の中で彼等が手を叩く音が聞き取れた。

私達の配置は、最後尾からいうと以下のごとくであった。しんがりには孫を抱き締めて、銀の保管倉庫を囲む小さな正方形の溝の石段に座っているヴェニング夫人が居て、彼女は人生の最も幸福で順調な時と同じ感じの物腰で周りの女性達と子供達とを励まし導いていた。その前には、不意打ちを受けないようにとフェンスを見張って、門に背を向けて配置についている、メイシー氏指揮下の武器を持つ横並びの隊列が控えていた。その前に八ないし十フィートの深さの場所があって、その中に予備の武器が置いてあり、更にメアリアン嬢とフィッシャー夫人が、使えなくされた黒色火薬で両手と服を汚しながら、ナイフ、古い銃剣、そして槍先などを使用不能のマスケット銃の銃口に結び付ける作業を、膝をついて行っていた。その前に、ドルース軍曹指揮下の、やはり横列の、但し門の方を向いた武器を持つ二つ目の隊列が控えていた。その前に我々が作った胸壁があり、門から退却する時、私の小部隊ができるだけ持ちこたえるためのジグザグの溝がそれに付いていた。この場所を長時間守ることは不可能であることと、ボートが海賊の企みに早く気付いて、島へ引き返してくることにしか希望が無いことを私達全員が知っていた。

私と部下とは前進して今や門に辿り着いていた。のぞき穴から、海賊の全員が見えた。マライ人、オランダ人、マルタ人、ギリシャ人、サンボ、黒人と、西インド諸島の流刑囚であるイギリス人等がおり、最後の群れの中に、片目で鼻に絆創膏を貼り付けた男が混じっていた。何人かのポルトガル人もいたし、少数のスペイン人もいた。頭目はポルトガル人の小男で、大きな帽子の下にとても大きいイヤリングをぶら下げ、肩に大きく鮮やかなショールを巻き付けていた。全員が武装していたが、槍、剣、短刀と斧などを持って、乗船する集団のように見えた。沢山のピストルは認めたが、銃らしきものは見当たらなかった。この事実から私はマスケット銃の切れ目なしの発射音は恐らく本土で聞かれるかも知れないと海賊達が考えたということと、火も本土から見えるであろうという理由で、彼等が砦に火を掛けて私達を生きたまま焼き殺すつもりはないということを理解した。火焙《ひあぶ》りは彼等の荒々しく乱暴な振る舞いの得意芸の一つであったのだが。クリスチャン・ジョージ・キングの姿を探した。そして仮に奴の姿を認めたならば、どうして奴の頭に私の弾丸が命中しなかったのかときっといぶかしく思ったであろう。しかし、クリスチャン・ジョージ・キングの姿は見当たらなかった。

凶暴であるか或いは泥酔しているように見えた、荒っぽい悪魔のごときポルトガル人が――もっとも、奴等全員がどちらかの状態であるように見受けられた――海賊旗を持って進み出て、一、二回それを振り回した。それに続き、ポルトガル人の頭目が甲高い英語で、「いいか！　イギリス人の馬鹿ども！　門を開けろ！　降伏しろ！」と叫んだ。

私達が沈黙と静寂を守っている間、彼は私には理解できなかった言葉で部下に何かを命令し、それを受けて、絆創膏を貼った片目のイギリス人の悪漢が（進み出て命令を伝達したのだが）、英語で次のごとく叫んだ。「野郎ども、攻撃は速やかに行え。できる限り全員を捕獲しろ。抵抗するなら、奴等のガキどもを殺して従わせろ。前進！」それから、海賊全員が門に押し寄せ、三十秒でそれを砕き内へと割り込んできた。

割れ目と破片の間から彼等に攻撃を加え、大勢の海賊を倒したが、武装していなかったとしても、数の威力でそんな門など除去してしまったであろう。すぐにドルース軍曹が私の横で、我々六名の生き残っている海兵隊員で列を作り――トム・パッカーが隣りにいた――三歩下がって、奴等が侵入してきたら、近距離の一斉射撃を行えと命令を下した。「その後」と彼は言った。「胸壁で奴等を銃剣で迎えて、お前達全員が少なくともこのいまいましいコフキコガネの一匹を串刺しにしろ」

私達は弱々しかったけれども、火で彼等を阻止し、胸壁でも食い止めた。しかし、海賊達は悪魔の群れのようにそれを乗り越え――奴等は、間違いなく、人間というよりは悪魔であった――本当に、白兵戦となった。

私達はマスケット銃を握って振り回した。その時でも、メアリアン嬢とフィッシャー夫人は――常に私の背後に居た――着実に武器の準備をした。大勢のマルタ人とマラヤ人が私に襲いかかり、メアリアン嬢の手がわが手に渡した広刃の刀が無かったら、落命して果てたであろう。だが、それが全てであったか？　否。私は豊かな束ねた黒髪と白い服が三度も私と敵との間に、その白い服を着ている人を倒したかも知れない（刀を持って）振りかざした私の右腕の下に、飛び込んでくるのを目撃した。そしてその度毎に敵の一人が倒れ、事切れた。

ドルース軍曹も広刃の刀を持って、同じように敵をなぎ倒したので、英語であがった悲鳴が、他の言語で叫ばれたことで分かるように、「あの軍曹を殺せ！」という悲鳴が、同時に六ヶ国語で叫ばれた。私は少し前に左腕に深手を負い、もしも力の衰えを感受せず、噴き出る血でわが身が覆われるのを目にすることもなく、そして、同時に、メアリアン嬢が彼女の服を裂いてフィッシャー夫人の助力を得てそれを私の腕に縛り付けるのを目撃しなければ、敵が私に激しい一撃を加えたという想い以上のことを、知ることは何一つ無かったであろう。近くを動き回っていたトム・パッカーに、私に布を巻き付けている間止まって私を守るように、そうでないとわが身を守ろうとして私が出血多量で死んでしまうと、二人は声を掛けた。立派なサーベルを手にして、トムはただちに動くのを止めた。

同じ瞬間――こんな危急事態では、全てのことが一斉に同時に起こるように見える――六人の敵が怒号をあげてドルース軍曹に襲いかかった。後退して壁をバックにして、軍曹は猛烈な一撃で敵の一人の怒号を永遠に打ち止めにし、驚くほど平静な顔で、残りの敵の襲来を待ち受けたので、海賊どもは立ち止まって彼を見つめた。

「あいつを見てみろ、さあ」とトム・パッカーが叫んだ。「今があいつに思い知らせる時だ！ギル！　俺の言葉を気に留めておくようにお前に言っただろう？」

弱っている私として力の限り、後生だから、軍曹を助けに行ってくれとトム・パッカーに懇願した。

「俺はあいつが憎いし大嫌いだ」とトムが、不機嫌に動揺しながら、言った。「だが、あいつは勇敢な男ではある」それから彼は、「ドルース軍曹、ドルース軍曹！　あんたが俺に余りにも残酷な仕打ちをして来たことと、今それを後悔していると言ってくれ」

即座の死の原因となるので、敵から目を放すことは一切しないまま、軍曹が答えた。

「いいや。絶対に言うものか」

「ドルース軍曹！」とトムが叫んだ、苦悶に喘ぎながら。「あんたを死から救うことは絶対にしないで、あんたを最後まで放っておくと俺は誓いをたてて来た。俺に余りにも残酷な仕打ちをしてきたことと、それを今後悔していると言ってくれ。そうすればあんたのことを水に流そう」

敵の一人が軍曹の禿《は》げ頭に襲撃を掛けた。軍曹はその男を打ち倒した。

「いっておくぞ」と軍曹が、少し息を切らし、次の攻撃を待ち受けながら、言った。「いいや。絶対に言うものか。仲間の兵隊が助けを求め、それ以外の理由は何も無いというのに、お前がそいつのために戦うことが出来ない男であるのなら、俺は別の世界へ行って、もっとましな男を探す方がましだ」

トムは敵を一掃して、軍曹を救い出した。トムと軍曹は敵の別の集団と奮闘しながら進み、散り散りにし、大きな喜びとともに、わが手が剣を握っている実感を私が再び持ち始めていた場所へと巡って来た。

二人が我々の所まで進んで来た途端に、私は、あらゆる物音を圧倒する、女性達の凄まじい悲鳴を聞いた。メアリアン嬢が全く見たこともない表情をして、突然フィッシャー夫人の両眼を両手でさっと覆う光景も目撃した。銀の保管倉庫に視線を向けた時、私はヴェニング夫人が——白髪まじりの髪をなびかせ黒目を見開き、溝の踏み段の最上段に直立して——服の背中側の襞《ひだ》に娘の子供を隠し、片手で海賊の一人を打ち、この男のピストルで撃たれて、倒れる姿を目撃した。

悲鳴が又してもあがり、戦いの真っ只中に女性達がひどく混乱して突っ込んできた。次の瞬間、壁だと思ったものが私の上に転がり落ちてきた。それは壁を乗り越えてきたサンボの群れだった。蛇のようにわが足に絡み付いた四人の中に、右足に絡み付いたクリスチャン・ジョージ・キングがいた。

「ヤップ、ソージャー」と彼が言った。「クリスチャン・ジョージ・キングはソージャーを捕虜にして大変うれしい。クリスチャン・ジョージ・キングはとても長い時間ソージャーをこうするのを待った。ヤップ、ヤップ！」

二十五人ものサンボを相手にして、手足を縛られる以外に、私に何が出来たであろうか？　それで、私は手と足を縛られることとなったのである。戦いは終わりを告げ——ボートもかえって来ることなく——完敗であった！　私がきつく縛られて壁を支えとして立たされた時、片目のイギリス人の流刑囚がポルトガル人の頭目とやって来て、私をちらりと見た。

「見ろ！」とこの男。「毅然とした男がここにいるぞ！　お前が昨夜、いつも以上にぐっすりと眠れたなら、それは最高の安眠ということになるなあ」

ポルトガル人の頭目は冷然と笑い、短剣の平たい部分で、まるで私が弄《もてあそ》んでいる木の枝であるかのように、最初は顔を、次に胸と傷ついた腕を、横ざまに打った。喜ばしいことに、彼が私を見ている間倒れることなく彼の顔を私はしっかりと見返し得た。だが、二人が行ってしまうと、私は倒れ、その場に横になってしまったのであった。

太陽が昇ってきた時、目を覚まして浜辺に下り船に乗るように命令された。痛みと苦しみで一杯で、最初は記憶が回復しなかったが、すぐに蘇ってきた。殺された人達がそこら中に横たわっており、海賊は自分達の死者を埋めつつ、負傷者を急ごしらえの担架で、島の裏側へと運んでいた。我々捕虜に関しては、何隻かの彼等のボートが島の桟橋までやって来て、運ぼうとしていた。そこへ降りた時、惨めな少人数になってしまった、と私は思った。それでも、今の姿は私達が立派に戦って、敵を苦しめたことの証明ではあったのだ。

ポルトガル人の頭目は自身が指揮していたボートに女性全員を乗船させて、私が降りて行った時丁度桟橋から離れつつあった。メアリアン嬢が頭目の横に座り、私に一瞬眼差しを向けたが、静かな勇気、同情、そして信頼に満ちていたので、一時間も続いたと思えるほどであった。頭目のもう一方の側には、自分の子供と母親のために泣いている、哀れで小柄なフィッシャー夫人が座っていた。私はドルースやパッカーとともに、そして不運で勇敢なわが戦友チャーカーの他に、二名の仲間が戦死した海兵隊の生き残りの連中も加わった、同じボートに押し込まれた。我々は暑い日光の下本土《もと》に向かって、悲しみの航海を行った。淋しい場所で上陸し、砂浜に集合させられた。メイシー夫妻とその子供達が我々といたし、ポーディッジ夫妻、キトン氏、フィッシャー氏、そしてベルトット夫人もそうであった。集合してみると十四名の男、十五名の女と、七名の子供しか居なかった。シルヴァー・ストア島で、何も怪しむことなく幸せに、昨夜眠りについたイギリス人の中でこれだけしか生き残らなかったのである。

（ストーリーの展開を把握するために、その紹介が必要となるウィルキー・コリンズの執筆になる第二章の概要を以下説明しておこう。

量的には『英国人捕虜の危険』のほぼ半分を占めるこの第二章は、「密林中の牢獄」というタイトルが示すように、海岸から遠く離れた本土の山岳地帯の深い密林中に存在する太古の壮大な神殿の遺跡を最高の牢獄として、海賊により連行された捕虜達が、丸太を作り出すのに駆り出された労役を巧みに利用して、二隻の筏を組むのに充分な丸太を集める。メアリアン嬢の活躍で夜食に仕込んだ催眠性の果汁が効き目を発揮して、海賊達が眠りこけている間に脱出して、大急ぎで（それでも四時間二十分もかかって）男達の手で筏を何とか組み立てて、密林中を通り抜けている河に乗り出す、スリルとサスペンスに溢れた物語が展開される。海賊は銀や宝石と交換する人質として二十二名の女子供を捕虜にしたのはよいとしても、労役で使うために十四名の男達を生かしておいたのが結局は仇となってしまったのである。この間もギル・デイヴィスの内面におけるメアリアン嬢の存在は強化と深化の一途を辿る。）

第三章　河を流れる二隻の筏

私達は一晩中筏が進むように、流れも私達と同方向に強かったので、長い距離を一挙に滑り下っていくようにと計画を立てた。しかし、渦と急流のために、夜河を下るのは危険だと認め、これから先は日没で筏を止めて、河辺で宿営することが翌日決定された。上流の密林中の牢獄にいた時でも、海賊が所有しているボートの居場所について何の知識もなかったので、眠っている私達と海賊達との間に河の幅が存在するように、流れの対岸で宿営することを絶えず心掛けた。奴等が河口に至る陸上の近道を知っているとすれば、そこから大挙して押し寄せて、状況次第で、私達を再び捕らえるかそれとも殺害するかするはずだ、というのが私達の見方であった。だがそういう展開にならず、河が奴等の秘密基地のどれかの近くを流れていなければ、脱出できそうだというのもそうだった。

私達がこれやあれを決意したという私の説明には、一時間先で起こる出来事に関する確信を少しでも持った上で判断を下したという意味は全く含まれていない。一晩で余りにも沢山の事が起こったし、余りにも大きい変化が多くの人々の運命に激しく突如として襲い掛かってきたので、殆どの人間達が通常の人生において経験する以上に、短期間で、私達は不安定さを経験しそれに慣れたということである。

私達がすぐに陥った苦境は、流れの分岐点と急流への枝分かれが存しているために、日中の太陽を見るのと同じくらい私達が溺死する危険性が明々白々としているということだった——海賊に再び捕らえられることは言うまでもなく。だが、私達は水兵の指揮の下筏の扱いに全力を尽くし（我々海兵隊員の技術では、筏の転覆を防ぐことは不可能であったろうと思う）、急ごしらえで出来た欠点を——水漏れですぐに分かった——修復することにも全力をあげた。天にまします神の御意志であるなら、河を下ることを甘受する一方、最善の努力をしようと、私達は謙虚に決意した。

そして私達は流れに乗って、進み続けた。流れは私達をこちらの岸に駆り立てたり、あちらの岸へと追い立てたりし、向きを変えさせたり、旋回させたりしたが、私達の前進を続行させてはくれた。時には遅々として進まなくなったり、時には猛烈に早くなったりしたが、前進は継続させてくれた。

聾唖者である男の子はこの時ぐっすりと眠り込んでおり、子供達全ても同様の状態であった。子供達に手が掛かるということは殆ど無かった。私の眼には、おとなしくしている姿だけでなく、表情においても、彼等は酷似しているように映った。筏の動きが大抵は同じものであり、風景も殆ど変化することなく、水が柔らかく筏を洗うさざめきも一定のものであるので、一つのメロディーの絶えざる演奏と同じく、眠気が誘い出されて来るのであった。全力を尽くしつつ不安を拭えない大人でさえも、これらのものにより眠気をある程度は引き出された。毎日が変わることなく過ぎて行くので、私自身は日付が分からなくなり、例えば、メアリアン嬢に今日は三日目なのか四日目なのかを尋ねなければならなくなった。彼女は手帳に鉛筆で航海日誌をつけていた。つまり、毎夜、出来事についての明快で短い文章と、水兵達がこれくらいは進んだと判断した距離とを、書き留めていたのである。

そのようにして、説明してきたように、私達は流れに浮かんで滑るように進み続けた。終日、来る日も来る日も、水と、森と、空ばかりであった。終日、来る日も来る日も、河の両岸の尽きることのない監視と、あらゆる険しい曲がり角と屈曲部のはるか前方における海賊のボートと、海賊の住まいとの確認が、続いた。そのようにして、説明してきたように、私達は河に浮かびつつ滑るように進んだ。日々が溶け合って恐ろしく単調な状態を作り出していたので、「今日で何日経過したのですか?」との私の質問に対する、「七日よ」という彼女の答えが信じられないくらいであった。

確かに、哀れなポーディッジ氏は、この時までには、彼の外交官用コートを決して目撃されたことのない状態にしていた。河の泥、河の水、日光、露、引き裂く枝と、茂みなどによって、コートは雑巾のごとく変色した切れ端となって彼にまつわり付いていた。日光が彼に僅かばかりの効き目を発揮した。彼は左手首にしがみ付いている特別なボタン一個に絶えず磨きを掛けることと、文房具を四六時中要求することに打ち込んだ。二十四時間の内一千回以上も、ペン、インク、紙、テープ、そして封蝋等を求めてこの人物は声をあげたと私は思う。公式の記録に書き留めておかなかったら、私達が河から抜け出すことはあり得ないという思いに彼は取り付かれていた。それで私達が筏を進ませるのに骨を折れば折るほど、ますます彼は私達を危険に直面させる筏には手を付けないようにと命令し、座り込んで文房具を求めて叫ぶばかりであった。

ポーディッジ夫人も、同様に、ナイトキャップをかぶることに固執した。ナイトキャップの推移を見てきた私達以外の人間が、それをかぶり続けることの意味をこの時までに説明することが果たして出来たであろうかと私は思う。余りにもグニャグニャになりボロボロになっていたので、彼女が両眼を使ってこれ越しにものを見ることは不可能だった。非常に汚れていたので、沼地で育った野菜なのか、河育ちの雑草なのか、イギリスから持ち込んだ荷担ぎ人足が用いる肩当てなのか、新たにそれを見た人はとても判断がつかなかったであろう。だが、この不幸な老婦人はそのナイトキャップが極めて上品なだけでなく、礼儀作法に関しても適切なものだという考えを抱いていた。それで彼女はナイトキャップを持っていない他の女性達に本当に高圧的な態度を取り、驚くほど見下した物腰で、できる限り髪を束ねるように無理強いをした。

筏の小屋か船室の外側で、一本の丸太に、聖なるナイトキャップをかぶって座っている彼女がどう見えたのか私にはしかとは分からない。彼女は威厳を除くと、私の子供時代に店のショーウィンドウによく飾られていた絵本の一つに出てくる占い師に似ていたであろうか。けれども、ああ、そのボロの束を頭にかぶって、座りふさぎ込んでいた彼女の威厳は、この上なく馬鹿げたものであった！　彼女と言葉を交わしていたのは女性の中で三人のみであった。女性達の何人かは、彼女が言うところの――小屋という惨めでちっぽけな保護物！　に入ったり、出たり、する際に――彼女に「欠礼して」いたし、他の女性達は敬意とか、そうした類のものを払わなかった。そこで、彼女は威厳と礼法をもって座り続け、夫の方も同じ丸太に座り、私達全員に筏を沈没させて文房具を持ってこいと命令し続けていた。

ポーディッジ弁務官閣下がたてるこうした騒音や、ドルース軍曹が筏の船尾でたてる叫び声（時々トム・パッカーでも抑えきれないもの）などで、私達の河をのろのろと下る行程は、しばしば静寂とは無縁のものとなった。だけれども、両岸の森にいる海賊の耳に届くような音を私達が立てるべきでないことが大いなる重要性を持つことは、疑うべくもなかった。私達が探索されていることは明白であったし、何時再捕縛されてもおかしくはなかった。私達は不安に満ちた時間を過ごしていた。本当に、本当に、不安一杯の時間を過ごしていた。

筏の航行を始めてから七日目の夜、いつものように、スタートした側とは反対側の選べる限り暗がりに、私達は筏をしっかりと結び付けた。ささやかな露営がすぐに設定され、夕食を終えると、子供達は眠りについた。見張りが立てられ、その夜も全てきちんと進行していった。星明かりの素晴らしい空が非常に青い夜で、大きな流れの土手にある濃い影を持つこの場所も非常に深い黒に包まれていた！

メアリアン嬢とフィッシャー夫人は、襲撃を受けた夜以来常に私の近くに居続けた。筏の作業で疲れを見せずに頑張っていたフィッシャー氏が、私に次のように言った。

「小柄で子供のいないわが妻は君をとても好いている、デイヴィス。更に君は毅然としている《ディターミンド》上に、やさしい男でもあるので」私達は片目のイギリス人の海賊が使った「毅然としている」という表現を採り入れて使用していた。そしてまさに彼がそう言ったという理由により、フィッシャー氏の言葉をそのまま反復することとしたい。「家内を君に預けておくことは心の重荷をとり除く思いがする」

「あなたの奥様は、メアリアン嬢が気を付けているので、私よりはずっと確かな人の保護下にありますが、間違いなく、二人の女性を守ります——忠実に心を込めて」

「君を本当に信頼している、デイヴィス。その上島に保管されている銀の全てが君のものであればと心の底から願っている」と彼が答えた。

すでに説明したように、七日目の星の輝く夜、私達は露営をし、夕食を終え、見張りを立て、子供達は眠りについていた。未開の淋しい場所において、毎晩横になる前に、星の輝く空の下で膝をついて、子供達が婦人連の膝のあたりで祈りの言葉を言っている姿を見ることは、荘厳で美しかった。そうした時我々男どもは全員脱帽し、殆どの場合少し離れた所に立っていた。汚れなき子供達が立ち上がった時、我々は声を合わせて「アーメン！」と呟いた。というのは、子供達の祈りの言葉を聞き取ることはできなかったけれども、それは我々にとっても良いものであるに違いないと分かっていたからである。

かような時においても、ごく当然のことではあったが、子供を殺害された母親達は、多くの涙を流した。この光景が涙を流させる一方彼女等を慰めているようだと私は思ったが、こうした考えの是非はともかく、彼女達の涙が止まることはなかった。この七日目の夜、フィッシャー夫人は亡くした愛児のために泣き続けてそのまま寝入ってしまった。彼女は葉っぱとそれに類したもののささやかな寝床で横になり（私は毎晩二人の女性のために出来る限り最上のささやかな寝床を作っていた）、メアリアン嬢が彼女にカバーを掛け、手を握りながら、傍らに座っていた。星が空から二人を見つめていた。私はというと、二人の護衛を勤めていた。

「デイヴィス！」とメアリアン嬢。（彼女の声がどんなものであったのかを説明するつもりはない。説明を試みようとしてもどだい不可能であったのだ。）

「ここにいます」

「今夜は河の水かさが増しているように響くわ」

「海がもう近いと、みんな判断しています」

「私達は脱出できると、貴方は考えているの？」

「そうできると心の底から信じております」脱出できると私は絶えず口にしてきたが、内心では疑念を抱いていた。

「再びイギリスを見ることは、貴方にとってどんなにか大きな喜びとなることか、デイヴィス！」

異様であるように思われる別の告白を私はここでしなければならない。彼女がこれらの言葉を言った時、喉になにかが溢れてきて、私が見上げていた星々が、砕け散り火花と化して私の顔にぶつかり激しく焼いた。

「イギリスは名前だけで、私にとっては無価値に等しいものです」

「おお、貴方のような誠実なイギリス人がそんなことを言うべきではないわ！　――今夜は虫の居所が良くないみたいね、デイヴィス？」非常に親切に、そして鋭く機転を利かせて。

「大丈夫です」

「本当にそうなの？　あなたの声がいつもとは違うように聞こえるのよ」

「大丈夫です。かつて無いほど強くなっていますから。だけど、イギリスは私にとっては無価値です」

メアリアン嬢が長い時間無言のまま座っていたので、一時は彼女が私に話しかけることを止めたと思ったほどだった。しかしながら、そうではなかった。というのは、やがて彼女は明確な澄んだ声で次のごとく語ったからである。

「いいえ、イギリスが自分にとって無価値だなどと言ってはいけません。母国は貴方にとって大きな価値を持っています。それどころか――全ての存在といってよいものです。ここで獲得した名声、感謝、愛慕、尊敬などをあなたは母国へ携えて帰るべきです。そしてあなたは母国でどなたかお似合いの方と結婚して、その人を幸せにし誇りを持つ存在としなければいけません。わたしはいつの日かその方とお会いし、彼女の夫が中央アメリカでどれほど勇敢な働きをしたかということと、わたしにとっていかに気高い友人であったかということをお話しして、彼女をますます幸せにし大いなる誇りが持てるようにできれば、と願っています」

快活な調子でこれらの言葉を口にしたけれども、思いやりを込めて彼女は話したのであった。私は無言のままだった。また異様な告白だと思われることを打ち明けることになるが、私は声が届く範囲で、一晩中、極め付けの惨めな男として、自分を責め立てながら、歩き回った。「お前は情けないほど無知だ。身分も低い。ものすごく貧しい。足で踏み付けている泥程度の人間に過ぎない」朝が来るまでこういう態度で苦悶に喘いだのだ。

夜明けとともに、一日の苦闘も始まった。苦闘が無ければ自分がどう動いたのか、今もって私には分からない。私達はいつもの時刻に再び河に浮かび、河を下る歩みを再開した。河は従前よりも幅が広がり、障害物も少なくなり、流れも速くなったように思われた。ドルースがこの日は静かにしていた上に、ポーディッジ氏も不機嫌さに加えて、殆ど声が出なくなっていたので、私達は平穏な状態で、順調に進んで行った。

筏の船首に水兵が常に居て、油断なく見張りを続けていた。子供達が眠りにつき、木々と葉さえもがまどろんでいるように見えた炎天下、突然、見張りが――ショートという名前であった――片手を上げ、「筏を止めろ！　前方で声がする！」と重大な警告を込めて叫んだ。

私達はできる限り速やかに流れに逆らう形で筏を停止させ、後続の筏も同じことをした。最初の内、メイシー氏、フィッシャー氏と、この私自身とは何も聞き取ることが出来なかったが、乗り組んでいる水兵達は口をそろえて人の声とオールの漕ぐ音が聞こえると言った。しかしながら、しばらくして、人声と、オールの水をかく音とを聞き取ることができるという考えで私達の意見は一致した。だけれども、こうした場所では遠く離れた物音を聞き取ることができるし、河が眼前で屈曲していたので、不安の眼差しで、八日間ずっと見続けてきたような（私達しては、八十日間といった方が実感に即していた）水と土手とを除くと何も視界に入って来なかったのである。

一名を上陸させ、茂みを低い姿勢で進ませ、前方に来ているものを視認させ、筏に知らせるようにすることがただちに決定された。その間筏は流れの中央に位置すること。素早く実行すべきこととして、泳がせて上陸させるのではなくて、筏から直接上陸させること。土手へ運んだ後、筏は流れの中央に戻り、上陸した男から合図があるまで、可能な限り、二隻とも離れないようにすること。危険な状態においては、上陸した男は安全に筏に再び収容されるまで自力で動くということ等も決定された。上陸する男に私は志願した。

人声とオールの音は流れに逆らってゆっくりと近付いて来るに違いないと私達は判断した。流れの方向から、どちら側の土手を通って近付いてくるかということを水兵達は判断した。それに応じて私は上陸させられた。筏は充分に土手から離れ、私は茂みの中に潜り込んだ。

猛烈に暑い上に、凄まじい場所を抜けなければならなかった。戦いながら動くのは神経を集中させることであったので、私にとってこの上なく歓迎できることであった。河の屈曲部の茂みを切り開いて進むことで、動く距離を大きく短縮し、再び水際に出て、身を隠しながら、待ち受けた。オールを漕ぐ音をはっきりと聞き取ることができた。話し声の方はもうやんでいた。

音が規則正しい調べを刻みながら近付いて来た。身を隠しながら、私はその調べが、「クリスン——ジョージ——キング！　クリスン——ジョージ——キング！　クリスン——ジョージ——キング！」と反復し、常に一定していて、常に同じ場所にポーズを入れて奏でられていると思った。近付いてくるのが海賊であるなら、（射殺されない限りは）合図を送るとともに、受けた傷をものともせずに、筏に泳いで辿り着き、メアリアン嬢を守るというわが任務を続行しようと決意を固める時間も私は持ち得たのである。

「クリスン――ジョージ――キング！　クリスン――ジョージ――キング！」今や、眼前へと進んで来た。

その時居た枝の所で周囲を見回して、弾丸が降り注ぐ中で最小の傷を負うことが可能な場所は何処かと探した。振り返って無理矢理進む時にできた道筋を認めた。今や海賊どもを待ち受ける用意が十分にできた。

「クリスン――ジョージ――キング！　クリスン――ジョージ――キング！　クリスン――ジョージ――キング！」さあやって来たぞ！

現れたのは何者なのか？　おぞましいポルトガル人の猿や、顔に深い傷跡があり、その邪悪な顔を切り落とすべきであった片目のイギリス人の流刑囚により率いられている野蛮な海賊どもであったのか？　これ以上は無いというほどの残酷で非道な行為を犯すために、最低の人間達から集められた最低そのものの連中であったのか？　怒号をあげ、人を殺し、海賊旗を振り回し、狂い、酔っ払っている数と裏切りで私達を圧倒した悪魔の群れであったのか？　否。現れたのはイギリスのボートに乗船しているイギリス人――堂々たる青のジャケットと赤のコートをまとった――私の同輩である海兵隊員と、筏に乗り組んでいる連中の同僚である水兵であったのだ！　先頭のボートの舵の所で、カートン大尉が、真剣で揺るぎなかった。二隻目のボートの舵の所で、メアリアン大尉が、勇敢で堂々としていた。三隻目のボートの舵の所で、老練の水兵が、船首像のごとく、緊張した顔に決意を刻み込んでいた。全ての乗組員が頭から足まで二重にも三重にも武器を帯びていた。全員がおのが任務に集中し、全心を捧げる意志を漲《みなぎ》らせていた。全員が味方もしくは敵の痕跡を求めて周りに注意を払い、先頭に立って献身的なことをするか悪には報復を辞さずという気概を示していた。捕虜となった同国人である私を認めた時全員の顔が輝き、歓声をあげ、カートン大尉が乗船しているボートが接岸して私を収容した。

「全員脱走に成功しました！　みんな元気で、無事で、ここにいます！」と私は報告した。

私に祝福あれ――彼等にも祝福がありますように――何と素晴らしい歓声があがったことか！船尾まで一人の手から次の手へと回されて、通り過ぎていく瞬間に、総員が叩いたり抱擁したりしたので、私はぐったりしてしまった。

「静まれ、みんな」と友人のように私の肩を叩き、筒形瓶を渡しながら、カートン大尉が言った。「みんなしっかりと飲んで、唇に血の気を戻せ。さあ、力を込めて漕げ！」

まるでかつて存在したことが無かったほどの強大な流れに乗っているかのように、土手が飛び去って行ったので、乗組員達の集中と気迫にとっては土手が飛ぶように流れ去ることが流れを意味したと、私は今に至るまで確信している。土手が飛び去り、筏が視野に入って来た――土手が飛び去り、筏に横付けし――土手が停止した。笑いと泣くこと、キスと手を握り締めること、子供を抱き上げまた降ろすことなどが嵐のようにまき起こり、全員を融合させ心を開かせた感謝と歓喜の激しいどよめきが起こった。

奇妙な全く見慣れない類の備品が、カートン大尉が乗船しているボートに設置されているのに私は気付いていていた。それは花で作られた東屋《あずまや》のようなもので、大尉の背後に、彼と舵との間に設置されていた。そう呼ぶとして、この東屋は花で綺麗に造られているだけでなく、独特な仕方で装飾が施されていた。部下達の何人かが帽子のリボンと留め金を外して、それを花の間に飾っていた。他の者はハンカチの花綵《はなづな》と吹き流しを作り出して、花の間に飾っていた。その他の部下達はガラスのかけらとロケットの光る破片とタバコの箱といったこまごました物を花と混ぜていた。それでこの東屋は太陽の下非常に輝く鮮やかな物体となっていた。しかし何故そこにあるのか、何のためにあるのか、私には了解不能であった。

さて、最初の興奮が収まるやいなや、カートン大尉が差し当たりは上陸するようにと命令を下した。だが二人だけを残して全員が下船すると、ボートはすぐに土手を再び離れ、水際から数ヤードの所で止まった。流れに乗って下って行かないように二人が静かに逆漕しながら、ボートが同じ場所に浮かんでいた時、この美しく小さな東屋が多くの目を引き付けた。だが、大尉の思い付きということ以外には、ボートの乗組員の誰も東屋についての情報を持ち合わせていなかった。

カートン大尉は――女性達と子供達が彼の周りに群がり、あらゆる階級の兵士達がその外側に集まって、全員が聞き入っている中で――あの運命の夜軽快な海賊のボートを、偽の情報に乗せられて、遠征隊がずっと追跡を続けたこと、次の日も依然として追跡を続けたこと、追跡を始めた時海賊の大部隊が暗闇の中を撤退して島に押し渡った事実を、何時間も経って手遅れとなるまで思ってもみなかったこと等を、立ったまま説明した。海賊の武装したボート全部が前方にいるものと思い込んで、遠征隊が浅瀬に誘われて座礁したこと。だが、二隻のおとり用ボートに報復をしなかった訳ではなく、陸路からそれに追い付いて、乗り組んでいた海賊ともども海の底に沈めたこと。その時真相に気付いて、四回の潮の干満を無駄に過ごした後、非常に苦心して、ボートを再び浮かばせて島に戻り、スループ型軍艦が浸水させられ銀が失くなっていることを発見したこと。わが隊の指揮官であるリンダーウッド中尉が、本土から急いで集めることができた強力な戦力とともに、島に残されていたことと、眼前にいる三隻のボートに乗り組み武装し出発して、私達の消息を求めて、海岸と入り江を探索したこと。河に顔を向けて、これら全てを大尉は立ったまま説明した。彼の説明が続いている間、花で作られた小さな東屋が日に輝きながら全員の眼差しを受けて浮かんでいた。

カートン大尉の肩に寄りかかり、彼とメアリアン嬢との間に、腕に顔を埋めて、フィッシャー夫人が立っていた。うなだれたまま、長い説明を終えた大尉に、彼女の母親を見つけ出したかどうかを、彼女は尋ねた。

「安心して下さい！　母上は」と大尉がやさしく言った。「浜辺のココナツヤシの下で横になっておられます」

「子供は、カートン大尉、子供も発見したのですか？　わが子も母と一緒に横になっているのですか？」

「いいえ。貴女の可愛い子供さんは」と大尉が言った。「花の影に包まれて眠っています」

彼の声は震えたが、全ての聞き手達にインパクトを植え付ける何かがあった。丁度その時大尉のボートの東屋から幼女が飛び出し、手を叩き両腕をさし伸ばし、「パパ！　ママ！　あたしは殺されてはいないわ。救い出されたのよ。パパとママにキスをするためにここに来たのよ。あたしを二人の所に連れてってよ、やさしくて、親切な水兵さん！」と叫んだ。

この場面を目撃した者は誰しも今日まで忘却してはいないし、これからも忘れ去ることはないであろうと、私は確信している。勇気ある祖母が（「わたしに何が起ころうと、動くんじゃないよ！」と最初にささやきながら）居るように言った所で、この幼女は動かずにじっとしていて、砦が放棄された後も留まっていた。それから溝からはい出て、母親の家に入った。誰も居なくなった島に一人で、母親の部屋に居て、母親のベッドで眠っているところを、カートン大尉が見つけたという次第。両腕で抱き上げられた後は彼女を大尉から離すように仕向けることは不可能であるので、ボートに乗せてここまで連れて来て、部下達が彼女のために東屋を作り出したということであった。この時これらの男達を見ることは、まさに壮観であった。女性達の喜ぶ様も美しかった。おのが子供を亡くした婦人達の喜びようは、とりわけ清らかで尊いものであった。だが、彼等のマスコットが両親の手に返された時、カートン大尉のボートの乗組員の興奮ぶりは、ごつごつした感じの中に優しさを発揮していることも手伝って、素晴らしいものであった。大尉が幼女を抱いて立ち、彼女の小さな両腕が彼の首を抱きしめ、次には父親の首を、母親の首を、そしてキスをするために進み出て来た人の首を次々と抱きしめていた間、ボートの乗組員はお互いに握手をし、頭上で帽子を振り、笑い、泣き、踊った――他の人間の邪魔をしないように、彼等の間だけで――決して演じられたことのない流儀で。ついに、先任下士官ともう一人という、極めてごつい顔つきをした、ごま塩頭の、ずっと他の誰よりも優しさを発揮していた男達が、一つになって、お互いの頭を膝で抱え込み、力の限り激しく拳《こぶし》で打ち合い、最高の喜びを表している様を私は見ることとなった。

十分な休息を取り生気を取り戻した時――嬉しいことにボートで運ばれて来た飲食物を口にすることで元気を回復することができた――私達は河を下る行程を再開した。筏と、ボートと、持てる全てを使って。従前とは、全く異なる種類の航海となったと、私は内心呟いた。その上私は同輩の兵士達の中の本来の場所と序列に舞い戻った。

だが、夜の停泊を迎えた時、私はメアリアン嬢がカートン大尉に私の事で話をしたことに気付いた。何故なら、大尉が私の方に真っすぐに歩み寄り、「君はずっとメアリアン嬢を体を張って守ってくれたそうだな。これからもそうしてくれ。彼女を守るという栄誉と喜びを君から取り上げて他の者に譲ることは絶対にあり得ない」と声を掛けてくれたからである。私は出来る限りのふさわしい言葉で彼の敬意に感謝の意を表し、その夜メアリアン嬢が寝についている場所を守るという従前通りの職務に配置された。異状がないことを確認するために、その夜一度ならず、カートン大尉が外に出て来て、辺りをぶらつくのを私は目撃した。今ここでもう一つ別の異様に見える告白――つまり私はカートン大尉を重苦しい気持ちで見つめた。本当に、極度に重苦しい気持ちで見つめた、という――を行うものである。

次の日中も、私はカートン大尉指揮下のボートで同様の職務についた。メアリアン嬢の背後という、私だけの特別な場所を得て、更に私の傷に触れるのも彼女の手のみであった。（今日までの長い年月の間に傷は治っていったが、彼女以外の手がこれに触れることは全く無かった。）ポーディッジ氏はペンとインクを手にし得て、今やかなり静かになり、少し分別を取り戻しつつあった。二隻目のボートに乗り込み、彼はキトン氏とともに殆ど終日中、書類を作成していた。ボートが停止する度に何かについての異議申立書を彼は提出した。しかしながら、大尉がこの書類をとても軽くあしらったので、誰かがパイプタバコに火をつけるマッチを必要とした時、「異議申立書を手渡してくれ！」というのが、彼の部下達の合い言葉となったほどであった。ポーディッジ夫人はといえば、依然としてナイトキャップをかぶっており、敬意を込めて誰にも先駆けてカートン大尉により救出されなかったという理由で、彼女は他の女性達全員を今や無視していた。彼についての説明をここで終わらせるとすると、ポーディッジ氏の最期は、戦闘などにおける振る舞いを故国で大いに賞讃され、二等勲爵士の総督に栄進し、黄疸で死去したということであった。

ドルース軍曹の発熱が高い状態から低い状態へと下がってきていた。トム・パッカーは——軍曹を回復させることができ得る唯一の人間——古い筏を病院用として保持し続け、ベルトット夫人が、いつもにも増して活発に（とはいえこの小柄な女性の精神力は、状況が求めた時には、その外観とは似ても似つかぬ大きなものであった）、彼の指示の下看護師長を勤めていた。モスキート海岸に辿り着くまでに、彼女がベルトットに代わって、トム・パッカー夫人として公表されるのを私達は見ることになるであろう、というジョークが兵士の一人の口から出ることとなったのである。

モスキート海岸に到着すると、私達は筏に代わって現地住民のボートを入手して、陸に沿って進んだ。美しい気候の中、美しい海の上、麗しい日々はまるで魔法のようであった。ああ！　これらの日々はいかなる海と河よりも速く流れて行き、取り戻してくれる潮流は皆無であったのだ。シルヴァー・ストア島の住民を預けることが可能な開拓地のすぐ傍まで進んで来ていたので、そこからベリーズに帰還せよとの命令を我々海兵隊は受けていた。

カートン大尉はボートの中で、珍しい銃身の長いスペイン風の銃を携えていて、ある日メアリアン嬢にこれは最高の銃だと言ってから、私の方を振り向き、声を掛けた。

「ギル・デイヴィス、二発弾を込めてこれが素晴らしい銃であることを示すチャンスに備えろ」

それで、私は海へ向けてこの銃を発射し、命令に従って、弾丸を込め、大尉にとり便利なように、銃が彼の足許に横たわるようにした。

私達の行程の最後から二番目の日は異常なくらい暑い一日であった。非常に早い時間に出発したけれども、時間が進むにつれて海上から涼気が失せ、女性達と子供達が耐えねばならないことを考えると、昼までには真に耐え難い暑さとなった。丁度その時、私達はとても気持ちの良さそうな小さな入り江をのぞむ所に偶然進んで来ていた。そこには大きく茂った木々で囲まれている深い陰が存していた。それで、カートン大尉は他のボートに後に付いてきてしばらく休息をとるようにという合図を送った。

任務から外れた連中は上陸し、横になったりしたが、用心のために、遠くへは行かないで、見える範囲内に留まっているように命令された。他の連中はオールを水から上げて漕ぐのをやめ、うとうととしていた。全てのボートに日よけが作られ、生い茂った森にいるよりは、その下に十分に入れる余地があれば、陰に包まれた日よけの下にいる方が涼しいという理解が行き渡った。そのため、全員がボートに乗り込み、まどろんでいた。私はメアリアン嬢の背後という職務を守り、彼女はカートン大尉の右側に座り、フィッシャー夫人が更に右側に座っていた。大尉はフィッシャー夫人の娘を膝に乗せていた。彼と二人の婦人は海賊について、小声で話し合っていた。一つには、このようなゆったりとした状況においては人間は声を小さくして話をするものであるため、又一つには幼女が眠り込んでいたためである。

カートン大尉が素敵な輝く目を持っていると、奥様が書き留められたことは前に説明したと思う。突然、大尉が、「落ち着け――騒がないように――何かが見えた！」といわんばかりの、眼差しを素早く私に送り、幼女を母親の手に預けた。彼の眼差しは了解しやすかったので、私は彼の命令通りに目の隅から左右をうかがうとか、姿勢を少しでも変化させるということは全くしなかった。彼は同じ穏やかで寛いだ調子で話し続けていた。しかし――両腕を膝に置き、暑さが耐え難いかのごとく、頭を少し前に傾けながら――スペイン風の銃に触り始めていた。

銃を膝に置き、ゆっくりと、銃床の象眼模様を見つめながら、大尉は「海賊どもは極めて巧みに策略を遂行したので、腐敗し間の抜けた役人達は簡単に欺かれてしまったのだ」と言い終わると、銃身にゆっくりと左手を走らせ、息を殺した中で、この目で見たのだが、右手で撃鉄を引いて狙いをつける動きを行った。そして更に言葉を続けた。「実に簡単に欺かれてしまったので、我々は誘い出されて罠にはめられてしまったのだ。だがこれからの作戦の展開は――」さっとスペイン風の銃を右目に当てて、彼は発射した。

全員が飛び上がった。無数の谺《こだま》が発射音を反復した。鮮やかな色の鳥達が鳴き叫びながら雲のごとく舞い上がった。弾丸が当たった場所で一握りの葉が飛び散った。枝が折れるパチパチという音が聞こえた。しなやかだが重みのある生き物が空中に飛び出して、頭から、泥だらけの土手に落ちた。

「一体何者なんだ？」とメアリアン大尉が彼のボートから叫んだ。その後はシーンとなったが、谺が鳴り響きながら遠ざかって行った。

「裏切り者でスパイでもある奴だ」とカートン大尉が、弾込めのために銃を私に渡して、言った。「こいつのもう一つの名前はクリスチャン・ジョージ・キングであったと思うが！」心臓を射ち抜かれていた。数人がその場に駆け寄り、泥と水を顔から垂らしながら、この男を引きずったが、その顔が少しでも動くことはもはや永遠にあり得なかった。

「こいつをあの木に吊して離れろ」とカートン大尉が叫んだ。彼のボートの部下達は退き、彼自身は土手に飛び上がった。「だが全員整列して、先ず森の中に前進だ。次にボート！　射程距離から外れろ！」

結果としては落胆に終わったけれども、善意を持って着実に展開した、急速な変化が遂行された。海賊は一人も見当たらず、スパイ以外には誰一人居なかった。私達を再び捕縛できず、私達の脱走の帰結として大攻勢を受けるのを予測して、海賊どもは密林の廃墟を出て、財宝とともに海賊船に戻り、スパイを残して情報収集にあたらせた、という風に私達は考えた。夕方私達は出発し、赤い夕陽がその黒い顔に当たっていわば死の夕映えを描きながら、孤独な姿で、スパイは木に吊されたまま残された。

翌日、私達は目指したモスキート海岸の開拓地に到着した。そこに七日間滞在して疲れを癒し、大いに賞讃され、高い評価を受け、素晴らしく歓待され、朝の五時に、我々海兵隊は町の門《タウン・ゲート》から(立派な町らしいものや門らしいものがあった訳ではないが)行進して出発するようにとの命令の下整列した。

我々の指揮官はそれまでには我々と合流した。行進して門から出たら、そこに全ての人達が居た。最前列に一緒に捕虜となった人達全員と、全水兵とが並んでいた。

「デイヴィス」とリンダーウッド中尉。「一歩前に出なさい!」

私が列から一歩前に出ると、メアリアン嬢とカートン大尉が歩み寄ってきた。

「デイヴィス」と涙を激しく流しながら、メアリアン嬢が言った。「不本意ながら貴方を見送っている、あなたに感謝一杯の友人達は、絶対に薄れることのない、その情愛に満ちた想い出とともに出発するあなたに対し、この財布を受け取ってほしいと心から望んでいます――老境を迎えた時、財布の中身があなたにとって役立ってほしいと私達は願っていますが、そうした中身よりも、あなたへの深い情愛と感謝を込めて差し上げるからこそ、私達全員の想いとして、あなたにとってはるかに貴重なものとなってほしいこの財布を受け取って下さい」

返事として、私は金銭ではなくて、お気持ちだけを有り難く受け取らせて頂くと声を絞り出すようにして言った。カートン大尉は思いやりを込めて私をじっと見つめ、二、三歩後ろへ下がり、私との距離をあけた。丁重な心遣いへの謝意を込めて、後ろへ下がる大尉に私は深く頭を下げた。

「いいえ、お嬢様」と私は言った。「金銭を頂くことは私の心が行き場を失うだけであろうと思います。ですが、私のごとき無知で粗野な男に貴女がかたじけなくも、身に付けておられる何かささやかなもの――例えばリボンの一切れ――を恵んでやろうと思って下さるなら」

彼女は指輪を外して、私の手に置いた。そしておのが手を私の手に置き、以下のように述べた。

「昔の勇敢な紳士方は――しかし貴方以上に勇敢で、気高い気持ちを持っている人は彼等の中にもいませんが――貴婦人方からこのような贈り物を受け取り、贈り主のために力の限りを尽くしました。あなたがわたしのためにそうして下さるなら、立派で寛大なあなたの人生の中に今後ともこのわたしがささやかにでも存在し続けることに誇りを持つことができます」

わが人生における二度目のキスを彼女は私の手にした。生涯で初めて、私は彼女の手にキスをするという、大胆な行動に出た。私は指輪をわが胸にしっかりと結び付け、列の所定の位置に戻った。

それから、ドルース軍曹を収容した馬で運ぶ担架《ホース・リター》が門から出て来た。ベルトット夫人を収容した馬で運ぶ担架も門から出て来た。リンダーウッド中尉が「速歩始め！」と命令を発し、喝采と歓呼の声に送られて、我々は門から出て、平坦な広がりの中を透明で静かな青い空に向かって進んだ、まっすぐに天国に向かって行進するように。

財宝を積み込んでいた海賊船が、西インド諸島《ウェスト・インディア・キーズ》において英国海軍の巡洋艦により激しい攻撃を加えられ、速やかに横付けされ占拠された帰結として、海賊の八割が殺害され、残りの二割が捕虜となり、財宝が取り戻されるまでその策謀を誰一人疑わなかった海賊の企みが粉々に砕けてしまったと説明を加えた上で、私は内に抱え込んできた最後の異様と思われる告白を行うこととしたい。

それは以下のようなことだ。自分とメアリアン嬢との間には何とも無限に遠く絶望的な距離があることを私はよく心得ていた。天使にふさわしくないのと同じくらい彼女にふさわしくないこともよく心得ていた。頭上に広がる空と同じく彼女が手の届かない高嶺に居ることも心得ていた。そうとはいえ私は彼女を愛していたのだ。そんな大胆な感情をこの卑しい心に何が吹き込んだのか、或いは現実のものとすることがどれほど僭越で不可能であるかを知り抜いていながらも、私のごとき無教養で低い身分の男が、おのが不幸な想念を途方もなく高い所へ傾注するというような事が過去にあったのか将来生じ得るのか、私には見当もつかない。それでも、私に生じた苦しみは自分が紳士であったならという想念に負けず劣らず大きいものであった。私は苦痛に喘いだ――苦痛に。激しく、そして長く苦しんだ。しかしながら、彼女の私への最後の言葉を想い浮かべ、それを裏切ることは絶対にしなかった。これらの大切な言葉が無かったなら、絶望と無鉄砲にのめり込んでいっただろうと思う。

当然ながら、彼女の指輪はわが胸とともにあり続けるし、私が何処で永眠しようと共に永眠するであろう。有能で健康ではあるけれども、私は齢《よわい》を重ねて来ている。昇進の話が出た上に、手段の限りを尽くしての報酬も受けたが、無学が障害となり、努力もしてみたが、文盲を克服できなかったために、昇進とは完全に無縁な一兵卒のままの生涯を過ごして来た。ずっと軍籍に身を置き、それを誇りとし、また敬意を持たれ、軍人であることは今この時も私にとっては大切なものなのである。

今この時、書き留めて下さる奥様にかくのごとき告白を行っていると、ずっと抱えてきた苦しみの全てが和らいでいき、現在滞在している准男爵サー・ジョージ・カートン提督閣下の古く素晴らしいお屋敷《カントリー・ハウス》において、私はこの上なく幸せなのである。世界中何マイルも掛けて、自身で私を捜し求め、傷ついて入院していた私を見つけ出し、お屋敷に連れて来て下さったのは奥様であった。私の言葉を書き留めて下さるのも奥様である。奥様とはメアリアン嬢である。そして今、是非とも話しておかねばならなかったことを話し終えると、もったいなくも奥様の白いものの混じった髪がお顔の前に垂れ下がり、奥様の机に向かう姿勢がそれまでよりもっと前傾したものになっているのを私は認める。その上貧しく、年老いた、忠実で、卑しい一兵士の遠い昔の苦しみと悩みに対して、今そのお姿より看取できるごとく奥様がやさしく接して下さることに心から感謝申し上げる次第である。

幽霊屋敷（*The Haunted House*）

第一章　屋敷の人間群像

公認の幽霊に関する事態とは無縁に、伝統的な幽霊をめぐる状況に取り巻かれることもなく、私はこのクリスマス作品の主題である屋敷を初めて知ることとなった。日光を受けているそれを、私は明るい間に見た。その効果を高めるための、風、雨、稲光、雷鳴、恐ろしいか見慣れない状況といったものは皆無だった。更に言えば、私は鉄道の駅からまっすぐにこの屋敷に辿り着いたのである。これは駅から一マイル程度しか離れていなかったし、屋敷の前に立ち、辿ってきた道をふり返って見た時、貨物列車が谷の土堤に沿って滞りなく進んでいるのが視認できた。何もかもがありふれていたというつもりはない。何故なら極く平凡な人々の観点を除くと、何かが普通で目立たないものとなり得ることがあることを私は疑っているからだ――わがうぬぼれが為せる作用ではあるが。だが、爽やかな秋の朝、この屋敷を見る人の全てが私と同じように見たであろうということを自信を持ってここに記すものである。

私がこれと遭遇した様子は次のごとくである。

私は北部からロンドンへ向かう旅をしていて、その中途で下車して、屋敷を見ることにしていた。体調の具合からしばしば田園での居住を必要としていたからである。そのことを知っていて、この屋敷の前をたまたま馬車で通った友人が、休養にはふさわしい場所だとこの屋敷をすすめる手紙を寄こしてきた。真夜中に汽車に乗り、うとうととし、目を覚まして座ったまま窓越しに空中で輝くオーロラを観賞し、再びうとうととし、その後目が覚めると夜が明けているのを見い出し、結局は睡眠を取ることが出来なかった不満と一体となった自覚に襲われた――その問題をめぐって、半醒半睡のもうろうとした状態の中で、私は向かい側に座っていた男と決闘裁判（被疑者の申し立てで、その身の潔白を一回の決闘で決定する裁判の方法。一八一九年に廃止）を行うに至ったのではないかと恥ずかしながら思っている次第である。向かい側の男は、一晩中――向かい側に座っている男が常にそうであるように――何本かの多すぎる足を持ち、その全てが長すぎる足を持っていた。こうした途方もない挙動に加えて（彼から予測できる唯一のものであったが）、彼は鉛筆と手帳とを持って、間断なく耳を傾けては書き留めていた。かような腹立たしい書き込みの作業は車輌の揺れと衝撃に関係しているものであるように思われ、耳を傾ける度に彼が私の頭上をまっすぐに凝視することをしなければ、土木技師として生活しているのであろうとの推測の下で、彼が手帳に書き留めることを私は甘受したであろう。彼は惑乱した感じのぎょろ目の紳士で、物腰も耐え難いものであった。

寒い、冷え冷えとした朝で（太陽はまだ昇っていなかった）、製鉄工場の高炉の火の薄れ行く輝きと、私と星々との間にと共に私と夜明けとの間にも垂れ込めていた重苦しい煙のカーテンとを見届けた時、私は旅人仲間の方を向いて言った。

「失礼ですが、私に何か異常なことでも発見しておられるんですか?」というのも、非礼ともいえる細心さで、わが旅行用帽子と頭髪を、書き留め続けているように見えたからである。

車輌の後部が百マイルもかなたにあるかのごとく、ぎょろ目の紳士は私の背景から視線をそらして、私の卑小への憐れみを持つ尊大な表情を浮かべて、言った。

「貴男にですって? ――B(ビー)」

「ビーですと?」と怒りがこみ上げながら、私は言った。

「貴男には何の関係もありません」と相手が答えた。「どうか私に耳を傾けさせて下さい――O(オウ)」

彼はこの母音を一拍間をおいて明確に発音し、それを書き留めた。

最初私はあわてた。何故なら明らかに狂人と分かる人間と乗り合わせた上に車掌と連絡が取れないことは、重大な問題だからである。眼前の紳士は一般的には霊媒と呼ばれている存在であるかも知れないと思い付いて私は安堵した。私としてはかような類の存在には深い敬意を持ってはいるが、信じる気持ちにはどうにもなれないのではあるが。それを確認しようとした時、彼の方が先に言葉を発した。

彼は見下した態度で言った。「私が並の人間のレベルを遥かに飛び越していて、その事を全く気にも留めていなかったとすれば、ご容赦頂きたい。私は夜通し――実際全時間行っているように――霊界との交流を行っていたのだ」

「おお！」と苛立って、私は言った。

「今夜の会議は」と手帳を数頁めくりながら、紳士は続けた。「『悪いつきあいは、良い習慣を台なしにする』（「コリント信徒への手紙一」十五章三十三節）というメッセージで始まったのだ」

「もっともです」と私。「だけど、全的に新しい見方でしょうか？」

「霊界からの新しいメッセージだ」と紳士。

私は苛立った「おお！」のみを繰り返し、最後のメッセージをご教示頂きたいと尋ねた。

「手中の一羽は」と極めていかめしい語調で、最後の記述を読み上げながら、紳士が言った。「たわごと《ボッシュ》との二羽の価値がある」

「本当に私も同じ見解です」と私。「しかしたわごとは藪《ブッシュ》の間違いではありませんか？」

「私には、たわごとと聞き取れたのだ」と紳士。

紳士はそれからソクラテスの霊が夜の交流の間に次のような特別の啓示を告げたと私に教えてくれた。「友よ、気分はどうかね。この客車には二人いるな。初めまして？　ここには一七，四七九名の霊がいるけれども、君には見えない。ピタゴラスの霊がここにいる。彼は直接告げることはできないが、君が旅を気に入るようにと願っている」ガリレオの霊も次のような科学的知識を携えて、同様に訪れた。「君と会えて嬉しい、わが友よ。気分はどうかね？　寒さが厳しくなると水は凍るものだ。ではまた！」その夜の間に、また、以下のような特異現象が出来した。バトラー（Butler）司教（ジョゼフ・バトラー。一六九二―一七五二。英国の司教・神学者）が名前の綴りが、「バブラー（Bubler）」だと主張して、正字法と礼儀作法に違反するこの罪のために我慢できないとして追放されてしまった。（故意の神秘化の嫌疑を掛けられていた）ジョン・ミルトンが『失楽園』（一六六七年ミルトン作の叙事詩）の著者であることを拒絶し、グランジャーズとスキャジングトーンという名前を持つ、『二人の未知の紳士』と題するあの詩の共著者だと、初めて名乗りをあげた。そしてイングランド王ジョン（一一六七？―一二一六。イングランド王（一一九九―一二一六）。一二一五年大憲章（マグナ・カルタ）に署名）の甥である、アーサー王子（エドマンド・スペンサー作の叙事詩『神仙女王』（一五九〇―九六）に登場する騎士）が第七天を相当程度快適だと自ら語り、トリマー夫人（セアラ・トリマー（一七四一―一八一〇）。子供向け教訓物語の作者）とメアリー・スチュアート（一五四二―八七。スコットランド女王（一五四二―六七）。最期は処刑された）との指導の下に、ベルベットに絵を描くことを学んでいるところだと告げたのであった。

　この文章が諸々の有り難い話を授けてくれたあの紳士の目に触れたとしても、日の出の光景と、広大な宇宙の崇高な理法の眺めとが、彼の話を耐え難いものにしたとの私の告白を彼はきっと大目に見てくれるであろうと思う。要するに、彼の話に全く我慢ができなくなっていたので、次の駅で下車して、雲と霧に包まれた彼の話を大空の自由な空気に引き替えることができて、私は非常に嬉しかった。

その頃には美しい朝となっていた。黄金色、茶色、そして赤褐色の木々からすでに散り落ちていた葉の中を歩んでいる内に、周囲の創造の驚異を見つめ、それらが支えられている着実で、不変の、調和した法則に思いを致している間に、あの紳士の霊界との交流はこの世界における最も貧困な類の下劣な作業のように思われてきた。こうした異教徒的心理状態の中で、私は屋敷が見える地点に到着し、立ち止まってそれを注意深く検分した。

それは淋しい屋敷で、二エーカーほどの平坦で真四角のひどく見捨てられた庭に立っていた。ジョージ二世時代の頃の屋敷で、ジョージ一世から四世までの四人の国王の忠実極まりない崇拝者によって所望され得る限りの堅苦しさ、冷たさ、平凡さと、趣味の悪さとを備えていた。無人ではあったが、ここ一、二年の内に、居住できるように安っぽく補修されていた。私が「安っぽく」と言ったのは、上っ面をなでるだけの仕事しか成されていなかったし、色は褪《あ》せてはいなかったけれども、塗料と漆喰とには崩れが見られたからである。「良い家具付きの、極めて手頃な家賃の貸し家」と記されて、一方に傾いた板が庭の塀に垂れ下がっていた。木々に余りにも密に重苦しく影を落とされ、そして、とりわけ、正面の窓の前に六本の高いポプラが並んでいて、これが非常に陰気な感じを出すとともに、選ばれた場所も最悪の選択によるものだった。

これが敬遠されてきた屋敷であることは――半マイル離れてそびえる教会の尖塔により私の両眼が誘導された、村により忌避されてきた屋敷であること――誰も住もうとはしない屋敷であること――容易に見てとれた。幽霊屋敷であるという評判を持っていることは、当然のこととして推測できた。

一日の二十四時間のいかなる時間帯においても、私にとり早朝ほど厳粛なものはない。夏季においては、私はしばしば夜明け前に起床し、私室にこもって朝食までに一日分の仕事を済ませ、その間中常に周りの静寂と森閑とに心が深く印象付けられる。それに加えて睡眠中の家族の顔に取り巻かれていることに恐れを伴うものが存している――私達にとり最も愛《いと》しい上に彼等にとっても私達が最も愛しい存在である人達が、私達のことに全く気付かないままの無意識の状況にあって、私達全員が向かっているあの不可思議な状態を予兆している知見にも同様のものが存している――停止した生活、前日の中断された脈絡、誰も座っていない椅子、完成していないが見捨てられた活動、これら全ては死のイメージを持つものである。早朝の静寂は死の静寂である。色彩と冷気も同一の連想を引き起こす。家財道具が夜の闇から朝の中へ最初に姿を現す時に帯びているある種の雰囲気は――絶えず新しくなり、かつ遠い昔と変わらぬ風情を備えて――最期を迎えて、壮年か老年のやつれた顔が沈んで昔の若々しい顔に変容することの中に対となるものを持っているのである。更に、私は一度こうした時間に、父の幽霊を見た。彼は生き生きとして元気であり、他のものに変化することは無かったが、夜が明けて行く中で、私のベッドの傍の椅子に、背中を私の方に向けて座っている姿を認めた。頭を手で支えていたが、父がまどろんでいるのか悲嘆にくれているのか、私には判断がつかなかった。父を眼前に認めて仰天して、私は起き上がり、体を動かし、ベッドからはい出て、彼を見つめた。彼が動きを見せなかったので、一度ならず声を掛けた。それでも微動だにしなかったので、私は不安に襲われ彼の肩に手を置いた（と思えたのだが）――すると何物も居なかったのだ。

　こうした全ての理由と、もう少し複雑で説明に手間がかかる他の理由とで、早朝は私にとり最も霊的な時間だと感受している。どんな家でも私には、早朝においては程度の差こそあれ霊的なものを帯びている。霊に取り付かれた家が早朝以上の大いなる利点を持って私に語りかけてくることは殆どあり得ないのである。

　この屋敷の無人状態を心に留めつつ、私は村へと歩みを進め、戸口に砂をまいていた、小さな宿屋の主人を認めた。朝食を注文し、屋敷を話題として持ち出した。

「あの屋敷は幽霊が出ますか？」と私は尋ねた。

主人は私を見つめ、頭を振り、答えた。「お答えできませんな」

「それなら確かに幽霊は出るんですな？」

「でも！」と主人が、破れかぶれにも見えた率直さを突然ほとばしらせながら、叫んだ。「私だったらあの中では絶対に眠りませんな」

「どうしてですか？」

「誰も居ないのに、屋敷中のベルが鳴り響いたり、全てのドアがバタンと閉まったり、踏みつけるあらゆる種類の足音がすることなどを自ら望むというのなら」と主人が言った。「私はあの屋敷で眠りますよ」

「あの中で何か目撃されたんですか」

主人は又しても私を見つめ、それから、前と同じ破れかぶれの表情を浮かべ、厩に向かって「アイキー！」と叫んだ。

その声に応じて肩幅があり、丸い赤ら顔、短く刈り込んだ砂色の髪、非常に大きくおどけた口、上を向いた鼻などを持ち、彼から生え出て――刈り取らなければ――頭を覆いブーツに繁茂して圧倒してしまいそうに見える、真珠色のボタンの付いた、紫の縞《しま》入りの巨大な袖付きチョッキをまとった若者が姿を見せた。

「この紳士が知りたいとおっしゃる」と主人が言った。「ポプラ荘で何か目撃されたかどうかをな」

「頭巾をかぶった女とフクロウ《ハウル》」とアイキーが極めて生き生きとした様子で、言った。

「君の言うハウル（howl）は叫び声を指しているのかね？」

「鳥を指していますんで」

「頭巾をかぶった女とフクロウ《アウル》。おやおや！　君はその女を見たことがあるのかね？」

「フクロウは見ました」

「女は一度もないのだな？」

「フクロウのようにはっきりと見たことはありませんが、女とフクロウはいつも一緒にいます」

「フクロウのようにはっきりと女を見た者は一人も居ないのだな？」

「いえいえ、旦那！　沢山いまさあね」

「誰だね？」

「いやいや、旦那！　沢山いまさあね」

「例えば、店を開けている、向かい側の雑貨商はどうかね？」

「パーキンズですかい？　奴は屋敷に近寄ろうとはしません。絶対に！」と若者がかなり感情的に、言った。「あの男は大して賢いわけではないが、それをするほどの馬鹿でもありませんので」

（ここで、宿屋の主人がパーキンズが馬鹿ではないことへの確信を呟いた。）

「フクロウとともに居る頭巾をかぶった女は何者かね——もしくは何者だったのかね？」

「えーと！」とアイキーが片手で帽子をつかみ他方の手で頭をかきながら、言った。「彼女は殺害され、フクロウはその間啼き続けていたと、みんなもっぱら、噂していますがね」

申し分なく誠実で信頼できるということである、一人の若者がこの頭巾をかぶった女の霊を見た後、発作に襲われそれに取り付かれていたことを除くと、上記の極く簡潔な事実の要約が私が知り得た全てであった。更に、グリーンウッドと呼び掛けられない限り、ジョビイと呼ばれると返事をし、「いいじゃないか？　名前が違うとしても、あんたには関係のないことだ」と言っていたという、片目の浮浪者らしい、一人の爺さんという漠然とした説明の人物が、五、六回くらい、この頭巾をかぶった女の霊と出くわしたことがあるという事実を知り得ただけであった。さりながら、この二人の目撃者の実質的な助力は受けられそうになかった。若者の方はカリフォルニアにいるという理由で、老人の方は、アイキーの言によると（主人のそれを裏付ける言葉によれば）、所在不明であるという理由により。

さて、存在のかような状態とそれとの間に生きとし生ける全ての物にふりかかる大いなる試練と変化という障害が介在している、神秘を、私は静かなそして厳粛な恐れで注視しているけれども、その上神秘について多少なりとも知っていると装う鉄面皮ではないけれども、少し前に、乗り合わせた乗客の霊界との交流と昇り来る太陽とを結び付けることが不可能であったように、単にドアがバタンと閉まる音、ベルの鳴る音、板のきしむ音や、その他の無意味なものと、理解することを（天により）許されている神の全ての法則の崇高な美と遍満する類似性とを調和させることも私には不可能であったのである。加うるに、私は二つの幽霊屋敷に住んだことがある——どちらも外国で。その内の一つは古びたイタリアの宮殿で、凄まじく幽霊に取り付かれているという評判をとり、私が住む少し前に二度も居住者が逃げ出したのであるが、私は八ヶ月間、この上なく静かに楽しく住んだのである。宮殿には一度も使用されたことのない二十もの謎めいた寝室があり、間断なしに幾度も私が読書をし、その隣室で寝た、一つの大きな部屋の中に、幽霊に取り付かれていることにかけては第一級の権威を持った部屋が存在していたにもかかわらず。こうした想いを私は宿の主人に静かに伝えた。そして悪い評判を取っている他ならぬこの屋敷に関しては、いやはや、どれほど多くのものが不当にも悪い評判を取っているか、悪い評判を立てられることがいかに簡単なことか、彼と私とで近在の異様な風体の酔っ払った老鋳掛《いか》け屋が魂を悪魔に売り渡したと村で執拗に言いふらせば、丁度いいタイミングで現れた鋳掛け屋が商売繁盛のために噂を作り出したと疑われることになろうということなどを、宿の主人に言って聞かせた！　私のかくのごとき道理にかなった説明が彼には全く通じなかったことと、そのために私としては人生における最もてひどい失策を演じてしまったこととを、告白しておかなければいけない。

　物語のこの部分は切り上げるとして、私は幽霊屋敷に興味を刺激されて、これに住んでみようと既に決意を固めていた。それで、朝食後、パーキンズの義兄から鍵を受け取り（鞭と馬具を製造し、郵便局の経営にあたり、極端な非国教徒の宗派に属する猛烈に厳しい妻に敷かれている）、宿の主人とアイキーを従えて、屋敷へと向かった。

屋敷の内部は、予想通りに、圧倒的に陰うつであるのを見い出した。重苦しい木々が投げ掛けるゆっくりと変化し波打つ影は、この上なく悲しみに沈んでいた。屋敷は場所も良くないし、建築もひどく、間取りも不具合で、全く不適切であった。湿り気が多く、乾腐病《かんぷ》に侵され、ネズミの臭いが漂い、有効に利用されない時常に人間が造り出した全てのものに襲いかかるあの説明し難い腐朽の暗うつな犠牲者となっていた。台所と家事室は余りにも大きく、相互に離れ過ぎていた。階段の上部と下部と、廊下の不毛な広がりとが部屋により示される豊穣の小区画に割り込んでいた。裏階段の最下段の近く、二列に並ぶベルの下に、緑の地衣類に覆われたかび臭い古い井戸が、殺人用の落とし穴のように隠れていた。ベルの一つにラベルが付いていて、黒ずんだ地に消えかけた白い文字で、マスター・B.《ビー》と書かれていた。これが最も激しく鳴り響くベルだと、宿の主人とアイキーが私に言った。

「マスター・B.とは誰のことだね?」と私は尋ねた。「フクロウが啼いていた間彼は何をしていたのかね?」

「ベルを鳴らしていたんですよ」とアイキー。

この若者がベルに帽子を投げつけて、それを鳴らしてみせた素早い機敏さに私は強く印象付けられた。それは騒々しく、不快なベルで、全く嫌な音を発した。他のベルには針金で結ばれていた部屋の名前が記されていた。「絵画部屋」、「二重部屋」、「時計部屋」といった風に。マスター・B.のベルをそれと結ばれた部屋へと辿ると、この若い紳士が小さな屋根裏部屋の下の三角形の小部屋で粗末な三流の設備しか与えられていなかったこと、もしも彼がそれで暖を取ることが出来ていたとすれば極度に小柄であったに違いないと想像される隅にある暖炉と、一寸法師《トム・サム》用の天井へのピラミッド形の階段のごとき隅にある炉棚とが部屋に存していること等を私は見い出すこととなった。部屋の一方の壁紙がそれに付着している漆喰の破片ともども、丸ごと剥がれ落ち、ドアを殆ど塞いでいた。マスター・B.が霊となった状態で、常に壁紙を引き剥がしているように思われた。彼がそんな馬鹿げた行為をしている理由を宿の主人もアイキーも説明することは出来なかった。

最上階にものすごく大きくてだだっ広い屋根裏があることを除くと、屋敷に関して他にはこれといった発見は無かった。屋敷はほど良く家具が備え付けられてはいたが、乏しさは拭えなかった。家具の幾つかは——およそ三分の一程度——建物に負けないくらい古びていた。残りはここ五十年間の様々な時代に作られたものであった。この屋敷を借りる交渉のために私は州庁所在地の市場内の雑穀小売商の所まで行かねばならなかった。その日の内に出向き、六ヶ月間の賃借契約を結んだ。

独身の妹（思い切って打ち明けると三十八歳を数え、とても美しく、聡明で、魅力的でもある）とともに移り住んだのが丁度十月の中旬であった。私達は一緒に、耳が聞こえない馬丁、ブラッドハウンド種のターク、二名の女性使用人と、オッド・ガールという名前の若い娘を引き連れて行った。セント・ローレンス教区連合女性孤児院の出身である、最後に言及した使用人に関しては、彼女を連れて行ったのが致命的な過ちであり不幸を招く行為であったと、記述せざるを得ないだけの理由が存しているのである。

その年は早くから冷え込み、木の葉も早々と散ってしまい、私達が居住した日も寒さが厳しかったので、屋敷の暗うつさも極度に重苦しいものとなった。料理担当のメイドは（感じの良い女であったが、知性面では弱点を持っている）台所を見て涙にくれ、台所の湿気で倒れた時には、銀時計を妹に（クラパム・ライズ・ストリート、リグズ・ウォーク、タピントックス・ガーデンズ二番地に住む）（ロンドン南部地域の架空の地名であると思われる）渡してほしいと願い出た。メイドの、ストリーカーは快活を装っていたが、もっとひどく衝撃を受けていた。田園での生活が初体験の、オッド・ガールだけが元気で、食器室の窓の前にドングリを植えて、オークに育てる準備に取りかかった。

日没までに、私達は今の状況に有り勝ちな全ての自然の災難――超自然とは対極にある――を体験した。気の滅入る報告が大量に地階から（煙のように）昇って来たし、上の階から下降して来た。のし棒が無いとか、焼き鉄板も無いとか（実物を知らなかったので、私としてはこれに驚くことはなかったが）、何も見当たらないとか、見当たるものは壊れているとか、前の居住者達は豚のごとく暮らしたに違いないとか、宿の主人の言ったことは本当のことだ、といった風な報告がである。これらの陰うつな状態の間も、オッド・ガールは明るく手本とすべき態度を示した。だが日没後四時間も経過しない内に私達は超自然的雰囲気に入り込み、オッド・ガールは「二つの目」を見て、ヒステリーを起こしてしまった。

妹と私とは幽霊の出没の件は我々二人だけの問題に留めて絶対に外へは出さないことに決めていたし、荷馬車からの荷下ろしを手伝ってくれる時、一分間といえども、アイキー独りを女達と一緒の、あるいはその一人と一緒の、状態にはしなかったという印象をこの時持ったし、今もその印象は変わらない。それでも、前述のごとく、オッド・ガールは九時前に、「二つの目を見た」し（他の説明を彼女から引き出すことは全く不可能であった）、十時が来る前に大量の鮭を漬けることができるほどの酢を気付けとして彼女に吸引させることを余儀なくされた。

かくのごとき不運な状況下で、十時半頃マスター・B.というラベル付きのベルが極めて激しい調子で鳴り出し、屋敷中にその悲しみを帯びた声が響き渡るまでダークが吠え続けた時、私の心情が如何なるものであったかについての判断は賢明なる読者諸氏にゆだねることとしたい。

マスター・B.の記憶をめぐって、私が数週間抱き続けた精神構造のごとき非キリスト教的内面状態には二度と陥りたくないと思っている。彼のベルが鳴ることがクマネズミや、ハリネズミにより、コウモリや、風により引き起こされたのか、もしくは如何なる他の偶然の震動によるものか、ある時は一つの原因によるのか、別の折りは更に別の原因によるのか、どうかすると共謀によるものなのか、私としては知りようがないのである。だが、ベルが三晩の内二晩も鳴り響くので、ついにマスター・B.の首をねじ切って――彼のベルを出し抜けにちぎり取って――わが経験と信念に従って、永遠に、この若紳士を沈黙させたいという的を射た考えを抱くに至ったのである。

しかし、この時までには、オッド・ガールは強硬症《カタレプシー》が強まる一方の発作を露呈していて、この極めて厄介な病気の抜きん出た実例と称して良いほどであった。狂気を備えたガイ・フォークス（一六〇五年十一月五日国会議事堂を爆破しようと企てて逮捕された火薬陰謀事件の首謀者の一人。この日にガイ・フォークスの人形を引き回して焼き捨てる）のように、全く思いも寄らない時に、この娘は発作を起こして体を硬直させてしまうのであった。私は召使い達に明快な口調で話をして、「マスター・B.の部屋」にペンキを塗って壁紙を覆い隠してしまったこと、マスター・B.のベルも取り去って鳴り響くのを無くしたこと、このいまいましい少年が生き死にをして、幽霊として出現しない現在の不完全な状態の中で、疑問の余地なく彼とカバノキの枝ぼうきのこの上なく鋭い部分とが密接に触れ合う関係へと持ち込んだと想像される類の振る舞いを演じていると彼等が思い得るのならば、上記の推賞できるものではない手段により肉体から分離した死者の霊や、他の霊の力に対抗して制限を掛けることが、私のごとき、一介の貧弱な人間にも可能であるとも彼等には考えられ得るのではないかと指摘を行った――オッド・ガールが突然つま先から全身を硬直させて、偏狭な化石のごとく私達を睨みつけるので全くの役立たずになろうかという状況で、私は召使いへの話を自己満足とまではいわなくとも、力を込め説得力を持って行ったのである。

メイドの、ストリカーもまた、非常に困惑させる性質の属性を持っていた。この若い娘が並外れてリンパ気質であったのか、それとも何か他の特異な気質を抱えていたのかは今もって判断がつかないが、彼女はこの上なく大きく透明な涙の製造用の蒸留工場と化してしまったのである。サンプルとなる涙の特殊な粘性を持つ抑止力が、これらの特性と結合していたので、彼女の涙は流れ落ちずに、顔と鼻とにくっ付いたままであった。こうした状態で、静かに悲しく顔を震わせるので、彼女の沈黙はあっぱれ《アドミラブル》クライトン（ジェームズ・クライトン（一五六〇—八二）。スコットランドの文武兼備の放浪学者・詩人。フランス・イタリアなどで論争を挑み、マントヴァで喧嘩をして殺された。アドミラブル・クライトンは通称）が財布一つをめぐる激しい論争で行い得たよりも重苦しい気分に私は落ち込まざるを得なかった。同様に、クック（料理担当のメイド）もこの屋敷は彼女を消耗させるという抗議で私への糾弾を手際よく締めくくることと、銀時計に関する最期の願いを反復することにより、衣で覆うように私を混乱で一杯にした。

夜毎の生活に関していうと、疑念と恐怖が私達の中で伝染した、そしてこの地上でかくのごとき伝染は到底他にはあり得ないのである。頭巾をかぶった女？　噂によると、私達は頭巾をかぶった女達の純然たる修道院に居住していた。音？　階下の激しい伝染については、この私自身が陰気な居間に座って、聞き耳を立て、遂に沢山の異様な音が耳に届き、確かめるために駆け出すことにより活を入れなかったら私は震え上がってしまったことであろう。静まりかえった真夜中に、これをベッドで試してみたまえ。夜の眠りにつくまでの間に、あなた自身の快適な炉辺でこれを試してみたまえ。あなたはあなたの住居に音を鳴り響かせ、遂には震えおののくあなたの人格の全神経を音で満たすことになるのである。

繰り返すが、疑念と恐怖が私達の中で伝染した、そしてこの地上でかくのごとき伝染は到底他にはあり得ないのである。女達は（その鼻は気付け薬による皮の擦りむきの慢性的状態にあった）常時気絶用の雷管を付け火薬を装備し、触発引き金で爆発する準備を整えていた。年長の二人は危険が倍加していると思われた全ての遠征にオッド・ガールを派遣し、そしてこの娘は強梗症に取り付かれて帰還することでこうした遠征の評判を常に確立した。クックやストリーカーが日没後上の階に出掛けたら、天井にぶつかるドシンという音を程なく耳にするだろうと分かっていた。その上こうしたことが絶えず出来したので、雇われた拳闘選手が屋敷を動き回って、出くわす使用人全員に、強打《オークショニア》と呼ばれている手練のパンチを一発浴びせているのではないかとしか思えないほどであった。

何をしても無駄であった。私自身が一瞬間、本物のフクロウに怯え、その後そのフクロウを指し示しても無駄であった。ピアノが偶然の耳障りな音を立てることにより、タークが特殊な音の組み合わせを聞くと常に吠え出すことを発見しても無駄であった。ベルに厳正な裁判官となり、不運なベルが無許可で鳴り出せば、容赦なくそれを消して沈黙させても無駄であった。煙突に火をたきつけても、松明を井戸に投げ込んでも、疑わしい部屋と奥まった所に猛然と突撃をかけても無駄であった。召使いを代えてみたが、何も変わらなかった。新しく雇った連中は逃げ出し、三組目の召使いを雇ったが、何も変わらなかった。遂に、私達の快適な暮らしが混乱し惨たんたる状態になってしまったので、私はある夜落胆して妹に、「パティ、この屋敷で召使いを雇ってやって行くことは無理なようなので、ここでの暮らしは断念しなければいけないと思う」と言った。

素晴らしい勇気の持ち主である、わが妹が、「いいえ、ジョン、諦めては駄目よ。くじけては駄目、ジョン。別の方法があるわ」と答えた。

「それは何かね」と私。

「ジョン」と妹が答えた。「私達がこの屋敷から追い出されたくないのなら、お兄さんにも私にも明白であるように、何の理由もないのに、そうしたくないのなら、完全に私達だけで助け合ってこの屋敷を管理して行かねばならないわ」

「だけど、召使いが」と私。

「召使い抜きでよ」と妹が大胆に、答えた。

同一の階層の殆どの人達と同じように、召使いという忠実な邪魔者無しで生活していくという可能性を私は全く考慮したことがなかった。妹から提案されたそうした考えは新奇であり過ぎたので、私は疑うような表情を浮かべていたはずである。

「あの連中は雇っても怯えてお互いに感染し合うだけのことなのよ、本当にそれだけのことなのよ」と妹。

「ボトルズは違うけどな」と私は思いを致しながら、言った。

（耳の遠い馬丁。彼をずっと使って来たし、イギリスで比類なき並外れた気むずかし屋として、今もなお使っているのである。）

「確かにその通りよ、ジョン」と妹が同意した。「ボトルズは例外よ。それが何を証明するって言うの？　ボトルズは誰とも話をしないし、声を限りに怒鳴られないと何一つ聞き取れないのよ。その上これまで危険を知らせたり、驚きの声をあげたことがあるの？　皆無よ」

それは正にその通りであった。話題の人物は毎晩十時に、干し草用のフォークと手桶一杯の水とだけを友として、馬車置き場の階上のベッドに引っ込むのが常であった。この後知らせることなしにボトルズが居る所に姿を見せたならば、手桶の水を浴びることになり、フォークが私を貫くであろうということを、記憶すべき事実として私は心に刻み付けていた。更にボトルズは私達が発したどの叫び声にも気付いた形跡は全く無かった。ものに動じない無口な男として、ストリーカーが眼前で気絶していようとも、オッド・ガールが青ざめていようとも、彼は夕食をとり続けて、次のポテトを頬ばり、周りの悲惨な状況をビーフ・パイを取って食べるための利点として使っていたのである。

「それで」と妹が話を続けた。「ボトルズは別よ。それで、ジョン、屋敷が大き過ぎるし、余りにも淋し過ぎるから、ボトルズ、お兄さん、この私との三人だけでしっかりと管理していくのは無理だと思うので、お友達から募って最も信頼できて熱意に溢れた人達を選んで——三ヶ月間ここで共同生活を営み——お互い身の回りの世話をして——楽しく打ち解けて暮らし——何が起こるかを見届けるのよ」

私はわが妹にすっかり魅せられて、その場で彼女を抱きしめ、最高の熱意でもってその計画の検討に入った。

十一月の第三週に入っていたが、活発に手を打ち、相談を持ちかけた友人達からの支持を得て、彼等が楽しくはせ参じてくれて、幽霊屋敷に勢ぞろいした時は、まだ十一月の最終週がすっかり残っていたのであった。

ここで、妹と二人だけの状態であった間にこの手で行った二つのささやかな変化について説明しておきたい。タークが外へ出たがっていることもあって、夜屋敷内で吠えることもあり得ないことではないと思い付いて、外の犬小屋に入れて放し飼いにし、タークと出会った者は誰でも喉をかまれずには離れることが出来ると思ってはいけないと、村中に真剣に警告を発した。それからアイキーに銃の目利きであるかどうかをさりげなく尋ねた。「そうです、いいヤツは一目見れば分かりますぜ」と答えたので、私は屋敷まで足を運んで私のものを見てくれるように頼んだ。

「これは本当にいい銃ですぜ」とアイキーが私がニューヨークで数年前に買った二連発銃を調べた後、言った。「間違いなくいいヤツですよ、旦那」

「アイキー」と私は言った。「この事は口外しないでくれ。この屋敷である物を目撃したのでな」

「本当ですか、旦那」と彼がどん欲に目を見張りながら、言った。「頭巾をかぶった女ですかい？」

「驚くなよ」と私。「君によく似た姿をだ」

「まさか、嘘でしょう？」

「アイキー！」と私は相手と温かく握手をしながら、言った。情愛深くといってもいいほどの態度で。「この屋敷をめぐる幽霊話が幾らかでも信じられるとすれば、私が君にできる最大のものは、私が目撃した姿に発砲することだ。そいつをもう一度見掛ければ必ずこの銃を発砲することを、天地神明に誓って、君に約束する！」

アイキーはお礼を言って、一杯飲まないかとの誘いを断り、少しあわてて出て行った。ベルに彼が帽子を投げ掛けたことを一度も忘却していなかったが故に、私はおのが秘密を彼に伝えたのだ。別の機会に、ベルが突然激しく鳴り出した夜、彼の毛皮の帽子によく似た物が、ベルからそんなに離れていない所に横たわっているのを認めたが故に。夜分召使い達を元気づけるために彼が姿を見せる毎に幽霊が出没する状況になる事実に気付いたが故に、わが秘密を彼に伝えたのだ。アイキーに不当な仕打ちをすることがありませんように。彼はこの屋敷を恐れていて、幽霊に付きまとわれていると信じ込んでいたが、機会さえあれば間違いなく、幽霊に付きまとわれている件に関してはペテンを仕掛けていたのだ。オッド・ガールの場合も同様であった。彼女は本物の恐怖に襲われた状態で屋敷中を動き回ったが、途方もない虚言を故意に吐き、自身で広めた恐怖の多くを創作し、私達が耳にした音の多くを作り出したのであった。私は両名を監視していて、それを知ったのである。かくのごとき実に馬鹿げた心理状態を説明することは、今ここでは不必要である。適正な医学上の、法律上の、或いは他の注意深い経験を積んだ全ての知性的な人間にとりこれは熟知しているものであると述べることで私としては十分である。観察者が知り抜いているほど広く存在する心理状態であると述べることで十分である。これは他の何よりも、こうした類の問題として、論理的に目を付けられ、厳しく探し求められ、区分される、基本的要素の一つであると述べることで十分である。

我々と友人達に話を戻そう。全員が揃った時真っ先にしたことは、寝室を決めるくじ引きをしたことである。それが済み、全ての寝室と、実際に、屋敷全体とを、全員で徹底的に調べた後、ジプシーの集団か、ヨットのクルーか、狩猟の一隊か、難破船の船乗りであるかのごとく、私達は種々の仕事の配分を行った。それから私は頭巾をかぶった女性、フクロウと、マスター・B. に関して流布している噂を詳しく説明した。幻の円卓を運んで、上がったり下りたりする馬鹿げた老婆の幽霊と、これまで誰も視認できていない、雄のロバの幽霊に関して、私と妹が居住を始めてから広まった噂については、薄もやを掛けた説明に止めた。こうした実体のないうわさ話は召使い達が言葉で伝達しなくとも、病的な方法で相互に伝え合っていたものと私は今でも心底から信じている。欺いたり、欺かれたりするために集まったのではないということと――この両者は全く同一のものだと私達は考えていた――重大な責任感の下に、相互に嘘はつかないことと、真実のみを追究することとを、私達は厳粛に誓い合った。夜分異常な物音を耳にした者と、その原因を究めようと思う者とは、必ず私の部屋のドアをノックしなければいけない、という了解も取り決めた。聖なるクリスマス・シーズンの最後の夜である、十二夜（一月五日）の幽霊屋敷にこうして集まっている今の時間に、各々が体験したことをお互いのために打ち明けなければならないことと、沈黙を破らなければならぬ突飛な事件でも起こらない限りは、その時までこの件については沈黙を守っていようということとを、私達は最後に申し合わせた。

勢揃いした一同の、数と人物とは、次のごとくである。

一番手として――妹と私自身とに言及するとして――我々二人が居た。くじ引きで、妹はおのが寝室に、私は「マスター・B.の部屋」に当たった。二番手は、最高の天文学者だと私が思っている偉大な人物（ジョン・フレデリック・ウィリアム・ハーシェル（一七九二―一八七一）。英国の天文学者）にちなんで、ジョン・ハーシェルと名付けられた従兄《いとこ》が居た。彼とともに、前年の春結婚した魅力ある女性である彼の妻が居た。（現下の状況下で）従兄が彼女を連れて参加したのは無分別だと私には思えた。というのも妊娠している彼女に偽れるベルの響きでさえもが如何なる作用を及ぼすか全く想定できないからである。さりながらこれはいうまでもなく彼自身の個人的問題であるし、彼女がこの私の妻であったなら、愛らしく美しい彼女を一人残して参加することは到底出来なかったであろう。二人は「時計部屋」を引き当てた。私が非常な好意を寄せている二十八歳の極めて感じの良い青年である、アルフレッド・スターリングは「二重部屋」を引き当てた。普段は、これは私の部屋で、内部に化粧室があるので「二重部屋」と呼ばれていて、わが手で作り出したどの楔《くさび》も、風があるなしにかかわらず、どんな天候においても、震えるのを防止できない、二つの大きくて扱いにくい窓を持っていた。アルフレッドは「気まま《ファースト》」（ゆとり《ルース》の言い換えであると、私は理解しているが）である風を装っているが、そのような馬鹿げた振る舞いをするには人柄が良すぎる上に理性的であり、父親が不運にも一年につき二百ポンドというささやかな自活が出来る遺産を残してくれ、それを頼りとして人生における唯一の仕事がその中の六ポンドを使うことであるということさえなければ、これまでに名を成したであろうと思われるのである。しかしながら、銀行が破産するかも知れないし、二十％の保証付きの投資を彼が始めるかも知れないという希望的観測を私は抱いている。というのは、破産にさえ至れば、彼は運を開くことが出来ると確信しているからだ。妹の親友であり、この上なく知的で、優しく、快活な女性である、ベリンダ・ベイツは「絵画部屋」に当たった。彼女は詩に対する勝れた天分に恵まれ、それに真の実務的な熱意を持ち合わせており、加えて女性の使命、女性の権利、女性の不当な虐待、大文字のダブリューで始まる女性に関する全てのもの、或いは現実には無いが本来は女性のために有るべき全てのもの、もしくは現実には有るが本来は女性のために有るべきでない全てのもの等を――アルフレッドの言い回しを使うと――「支持」していた。「心から敬服するよ、そして成功を祈るよ！」と私は最初の夜「絵画部屋」の戸口で彼女に別れを告げながら小声で言った。「だけど極端に走らないように。我々の文明がこれまで女性に配分してきた以上の職業を女性の手の届く所に置くことを求める強い必然性があるという点について言うと、不運な男達、特に一見君の邪魔者のように映る男達を、女性を当然圧迫する人間であるかのように、厳しく非難しないでほしい。というのも、ベリンダ、彼等だって時には妻と娘、姉妹、母親、叔母、そして祖母のために給料を使うからだ。本当は全てが狼と赤頭巾ちゃんだけで社会が成り立っているのではなくて、他の役割も存在しているのだから」とはいえ、本筋からそれ過ぎた。

既に述べたように、ベリンダは「絵画部屋」に入った。残りの部屋は三つしかなかった。「角部屋」、「戸棚部屋」と「庭園部屋」とである。旧友の、ジャック・ガヴァナーは「角部屋」に、本人によると、「ハンモックを吊した」とのこと。私はジャックを最高に容姿の勝れた海の男だとずっと思って来た。今は白髪が目立っているけれども、二十五年前と変わらずハンサムである――否、今の方がもっとハンサムである。堂々として、明るく、肩幅の広い均整のとれた姿に包み隠しのない笑顔と、輝く黒い目と、豊かな黒い眉毛を備えている。黒々とした髪の彼を良く覚えているが、銀髪の彼はもっと素晴らしい。彼と同じ名前の英国国旗《ユニオン・ジャック》がはためく全ての場所で活躍をして来たので、遠く地中海においても大西洋の向こう側であっても、私は彼の昔の仲間と出会うこととなり、偶然彼の名前を洩らすと彼等は顔を輝かせて、「あんたはジャック・ガヴァナーを知っているのか？ それならあんたは男の中の男を知っているんだ！」と叫んだものだ。まさに彼はそうなのだ！ 正真正銘の海軍将校であるので、アザラシの皮をまとってエスキモーの雪の小屋から出てくる彼と出会ったとしても、貴方は彼が軍服をきちんと着用していると何とはなしに納得したことであろう。

ジャックはかつてその輝く澄んだ目を妹に向けたこともあったが、結局は別の女性と結婚して南アメリカへ連れて行き、そこで彼女は他界した。この幽霊屋敷に彼は塩漬け牛肉の小さな樽を持参した。というのは、おのが手で漬けない塩漬け牛肉は、全て腐っているという信念を常に持っていて、ロンドンへ来る時には、必ず自身で漬けた塩漬け牛肉をトランクに詰めているからである。彼はまた「ナット・ビーヴァー」なる、古い仲間であり、商船の船長を勤めた人物を自発的に連れてきていた。ビーヴァー氏は、がっしりした木のような顔と姿をし、見掛けは全身石のごとくごつごつとしていたが、実際は知性的で、海上における豊かな経験と、大いなる実践的知識を備えている人物であった。時折り、明らかに昔の病気の後遺症と思われる、奇妙な震えに襲われたが、それが長く続くことは滅多に無かった。彼は「戸棚部屋」に当たり、私の友人にして顧問弁護士である、アンダリー氏と相部屋となった。アンダリー氏は、アマチュアの立場で、本人の言によれば「最後まで頑張り通す」ために馳せ参じてくれたのであり、名簿の全頁に登載されているどの法律家よりもホイスト（二人ずつ組んで四人でするトランプ遊びの一種）が上手なのである。

私は生涯で一番幸福であったし、それは私達全員の気持ちであったと信じている。常に臨機応変の才に富んでいる、ジャック・ガヴァナーがシェフとなって、極上のカレー料理を含む、幾つかの素晴らしい料理を作ってくれた。妹はパンとお菓子を作るのに腕を振るった。スターリングと私は交代で、シェフの助手を勤め、特別な時はシェフはビーヴァー氏を「徴用」した。私達は戸外のスポーツと運動を大いに行ったが、家の中のこともなおざりにはしなかった。それで私達の間に不機嫌や誤解が存することはなかったし、毎夜非常に楽しく過ごしたので、少なくともこれだけでも各人がいやいや寝室に引き上げる理由に十分になり得たのである。

最初の内夜分突然音が鳴り響くことが数回あった。最初の夜、私は深海の怪物の鰓《えら》のように、素晴らしい船用カンテラを携えているジャックにたたき起こされて、風見鶏を下ろすために「マストの頂上の檣冠《しょうかん》（マストの頂上にある円形か角形の木片で、信号旗用動索を上下させる穴がある）へ昇るつもりだ」と告げられた。荒れ模様の天気であったので、私は反対した。だがジャックは風見鶏が絶望の悲鳴のごとき音を立てていることを指摘し、撤去しなければ、その内に「幽霊を見たと称する」者が出てくるだろうと言った。それで、強風のために私が殆ど立てなかった、屋敷の屋根へと、二人で向かった、ビーヴァー氏に付き添われて。そこからジャックはビーヴァー氏を従えて、カンテラを携えたまま、煙突より二十四フィートは上に位置する、丸屋根の頂へとよじ登り、特に足場も無い所に立って、冷静に風見鶏を叩き落とし、遂には彼等両名とも強風を受ける高所ですこぶる上機嫌を呈したので、二人とも下りるつもりは全くないと思ったほどであった。別の夜、両名は又しても同じ作業に従事して、煙突のかさを叩き落とした。また別の夜、二人はむせび泣きしゃくり上げる送水管を切り離した。また別の夜は、他の物を突き止めて処理した。何度か、二人は極めて冷静に、掛けぶとんから交互に手を動かして、同時に各々の寝室からはい下りて、庭の何か謎めいた物を「徹底的に検査した《オーヴァーホール》」

　私達の間の約束は忠実に守られて、何かを口外する者は皆無であった。お互いに理解できたことは、誰かの部屋に幽霊が出現したとしても、そのためにより良くない状態に陥っている仲間は一人も居ないということであった。

第二章　マスター・B.の部屋の幽霊

（幽霊出現において）際立つ風評を得ている三角形の屋根裏部屋で生活するようになって、私の想いは当然マスター・B.へ向かった。彼についての想念は入り乱れ雑多なものとなった。クリスチャン・ネームはベンジャミンか、（閏年《うるうどし》の生まれであるので）バイセクスティル（閏年の意）か、それともビルなのか。B.という頭文字は名字に由来していて、それがバクスターか、ブラックか、ブラウンか、バーカーか、バギンズか、ベイカーか、それともバードなのか。彼は捨て子なので、B.と洗礼名を付けられたのか。勇敢な少年であったので、B.はブリトン（英国人の意）か、或いはブル（ジョン・ブルで典型的な英国人の意）を短縮したものなのか。恐らく彼はわが幼年期を明るく照らした著名なレディの血縁であり、輝かしいバンチの女将《おかみ》（十六世紀後半のロンドンの有名な居酒屋の女主人）につながる一族の出身ではないか、といった風に私の想念は雑多なものとなったのである。

かくのごとき混乱した想念に取り付かれて私はひどく懊悩した。わたしはまたB.なる謎めいた文字を故人の外見と職業に結び付けもした。青《ブルー》い服を着ていたのか、長靴《ブーツ》をはいていたのか

（頭が禿げ《ボールド》ていたとは考えられない）、素晴らしく頭《ブレインズ》の良い少年だったのか、十柱戯《ボウリング》が上手だったのか、ボクサーとしての力量を持っていたのか、弾むビリアードのボールのように、元気一杯の少年期に海水浴用更衣車《ベイジング・マシン》から海に入って、ボグナーで、バンゴアで、ボーンマスで、ブライトンで、或いはブロードステアーズで、海水浴をしたのだろうかと取り留めもない想念に取り付かれたのである。

　このように、最初から、私はB.なる文字に取り付かれてしまったのだ。ほどなく自分が不可避的にマスター・B.か、もしくは彼に関わるものの夢見に取り付かれていることに私は気付くようになった。とはいえ、夜の如何なる時間であっても、眠りから覚めるやいなや、わが想念は彼を呼び出し、さまよいつつ、彼の頭文字をそれに似つかわしくそれを静止させるものと関係付けようともがき続けた。

　全てが乱調を来していることに感知し始めたのは、上述のごとくマスター・B.の部屋で私が六晩も懊悩し続けた末のことである。

　幽霊が最初に出現したのは早朝、しかも夜が明けたばかりの時であった。私は鏡に向かってひげを剃っていた。その時突然、混乱し驚いたことに、私が――私自身でなく――五十歳の――一人の少年がひげを剃っていることに気付いた。紛れもなくB.少年《マスター》が！

震えが来て肩越しに注視した。何も居なかった。再び鏡を見つめると、あごひげを除くためではなく、生えるようにするために、ひげ剃りをしている、少年の顔とその表情とがくっきりと映っていた。極度に混乱して、私は部屋を数回歩き回ってから、鏡の前に戻り、手を落ち着かせて中断されたひげを剃る作業をやり抜こうと決心した。平静さを取り戻す間閉じていた両眼を開けると、私は鏡の中に、私を直視している、二十四、五歳の青年の両眼を認めた。この新しい幽霊に怯えてしまって、私は両眼を閉じ、落ち着きを回復しようと必死の努力をした。それを再度開けた時、鏡の中に、とっくの昔に故人となった、父親が頬を剃っている姿を認めた。それどころか、現世で一度も会ったことのない、祖父の姿さえも認めたのである。

当然のことながらこれらの驚くべき幽霊の出現により強い衝撃を受けたけれども、全員で経験したことを打ち明け合う約束の日時まで、私は口外はしないと決意した。種々の妙な想念に動揺することとなり、その夜、私はおのが部屋に引き取り、幽霊をめぐる新しい経験に遭遇する心の準備をした。その準備は無効ではなかった。というのも、きっかり午前二時に不安定な眠りから覚めて、B.少年の骸骨とベッドを共にしているのを見出したわが感情の有様ときたら！

私が飛び起きると、骸骨も飛び起きた。その時「僕は今何処にいるの？　僕は一体どうなったの？」と言っているもの悲しい声を私は耳にしたので、声がした方角を凝視して、B.少年の幽霊を認めた。

その幼い幽霊は時代遅れの服装をしていた。というか、服を着ていたというよりは光るボタンの使用により惨めさが際立つ、粗末な霜降りの布地の箱にはめこまれていると言う方がより正確であったろう。ボタンが二列になって幼い幽霊のそれぞれの肩を越えて、背中へと下りているように見えることに気付いた。服の首回りにフリルが付いていた。（インクが付着しているのがはっきりと認められた）右手は腹部に置かれていた。これと顔の幾つかのかすかな吹き出物と、それに吐き気を催しているような様子とを連結させて、この幼い霊は常習的に大量の薬を服用している少年の幽霊であると私は判断を下した。

「僕は何処にいるの？」と哀れを誘う声で、少年の幽霊が言った。「僕はどうして甘汞《かんこう》（塩化第一水銀の通称。下剤として用いる）を使用していた時代に生まれて、甘汞をいやというほど与えられたの？」

心から真剣な態度で、私には全くもって説明できないと返答した。

「ちっちゃい妹は何処にいるの」と幽霊が言った。「天使のようなちっちゃい妻と、一緒に通学したあの子は何処にいるの？」

私は幽霊に気持ちを落ち着けるように懇願し、そしてとりわけ一緒に通学した仲間の少年が行方不明であることについては気を取り直すように懇願した。恐らくその少年が、人間の経験の枠内では、所在が分かっても、良い形で現れることはあり得なかったであろうと幽霊に説明した。後になって、ともに通学した何人かの少年達を私自身も視認したが、誰一人答えてくれなかったと私は力説した。その少年も決して答えてはくれないという私の信念を抑え気味に主張した。彼は架空の人物であり、惑わしであり、罠だと説明した。通学仲間と称した男を最後に見かけた時、ディナー・パーティで壁のごとき白ネクタイをした彼が、あらゆる話題に無意味な意見を吐き、高圧的に無言の退屈さを生み出していたことを詳しく述べた。「懐かしのドイランス校」でともに学んだことを当てにして、この男が私と朝食を一緒にすることを要求したことを（社会的には実に重大で失礼な振る舞い）述べた。ドイランス校の学友へのかすかな信頼の念に煽られて、私が彼を中へ入れたこと。通貨に関する不可解な観念と、イングランド銀行が何十億枚もの十ポンド六ペンス紙幣を直ちに発行して流通させないと、廃止に追い込むべきだとの提案とを抱懐して人類に付きまとう、この世の恐るべき徘徊者であるこの男の実体が判明したこと等についても私は述べ立てた。

幽霊は無言のまま、揺るがない凝視の眼差しで、私の説明を聞いていた。「散髪屋！」と私が話し終わると幽霊が叫んだ。

「散髪屋？」と私はおうむ返しに言った――私はその職業の人間ではないので。

「何たることか」と幽霊が言った。「絶えず変容する客の――今は、この僕――今は、若者――今は、お前――今は、お前の父――今は、お前の祖父――ひげ剃りをしなければならないとは。何たることか、毎夜骸骨とともに寝につき、毎朝それとともに起きねばいけないとは――」

（この陰うつな言葉を耳にして私は震えが止まらなかった）。

「散髪屋！　僕に従え！」

幽霊がこの言葉を発する前に、私はこの霊に従わねばならない呪縛の下にあると感受していた。直ちにそうして、私はもはやB.少年の部屋には居なかったのだ。

告白を行い、疑いの余地なく、真実を打ち明けた魔女に――特に彼女達が常に誘導尋問に導かれ、拷問が即座に実行された時においては――長くて辛い夜の旅が課せられたことは殆どの人々が知っている。B.少年の部屋に居住していた間、ここに付きまとっていた幽霊により、どれにも負けないほど長く狂おしい旅に連れ出されたと私は強く主張する。確かに、ヤギの角と尾を持って（パン（ギリシャ神話で牧人と家畜の神。ヤギの角と脚を持つ半獣神）と古着商の老人とが合体した者）、現実のそれと同じくらい愚かで品位の下がる、紋切り型の歓待の態度しか示さないみすぼらしい老人とは出会わなかった。だが、もっと意義深いように思えた他の者との遭遇があった。

私が語っている真実を信じて頂けるであろうと確信しているので、最初はほうきの柄に、次は揺り木馬にまたがって、幽霊に従ったとなんらためらうことなく私は言明する。木馬の塗料の臭いですら――とりわけ取り出して、またがった時の――直ちに証言できるほどである。これに続き、私は貸し馬車に乗って幽霊に従った。この貸し馬車特有の臭いを、今の人達は不案内のようだが、既と、疥癬《かいせん》にかかった犬と、非常に古いふいごとが合わさった臭いであると、私は又しても直ちに証言できるのである。（これについては、年長の方々に私の裏付けをするかもしくは反論をしてくれるようお願いしたい。）頭のないロバに乗って、幽霊に従った。少なくとも、腹部の状態にとても興味を持っていたのでそれのチェックを続けて、頭が腹部まで常に垂れ下がっていたロバに乗って。明らかに生来後ろ足を蹴あげる癖を持つ、ロバに乗って。遊園地の、回転木馬とぶらんこに乗って。最上等の辻馬車に乗って、私は幽霊に従ったのだ――乗客がきまって寝について、御者により疲れ果ててしまった辻馬車も今では忘却されてしまったものである。

B．少年の幽霊に従うわが旅の詳しい記述で皆さんを悩ませないように、この旅が船乗りシンドバッド（『千一夜物語』に登場するバグダッドの豪商。七回の航海で体験した冒険の話をする）の旅より長く素晴らしいものであったにせよ、私は一つの体験談に焦点を絞ることとし、その内容については皆さんで判断して頂きたいと思う。

私は驚くほど変容していた。私自身であって、私自身でなかった。私はこれまでずっと同一であり続け、全ての局面と様相において絶対に変わらないと認識してきた、自分の中のあるものを知覚していたが、B．少年の部屋のベッドに入った私とは違っていた。私は素晴らしく滑らかな顔とおそろしく短い足を備えていて、同じように素晴らしく滑らかな顔とおそろしく短い足を備えた私とそっくりの一人の少年を、ドアの影に連れ込み、仰天するような内容の計画を彼に打ち明けていた。

この計画とは、我々二人はハーレムを持つべきであるというものであった。

もう一人の少年も熱烈に賛成した。彼には品格についての観念はまるで無く、私もそうであった。それは東洋の慣習であり、立派な太守ハールーン・アッラシード（七六六―八〇九。アッバース朝の第五代太守。在位七八六―八〇九。『千一夜物語』に伝説的英雄として登場）がやったことであるので（私にこの堕落した名前を今一度使用させてほしい、甘美な香りを放っているのだから！）、この慣習は大いに賞讃すべきものであり、最高の価値を持つ模倣すべきものであったのだ。「おお、大賛成！」と彼は飛び上がって言った。「二人でハーレムを持とうよ」

我々がグリフィン校長《ミス・グリフィン》に知られてはならないと認識していたのは、持ち込むことを計画していた東洋の慣習の絶讃すべき特質を少しでも疑っていたからではなかった。それはグリフィン校長が人間としての思いやりを欠落していて、大いなるハールーンの偉大さを理解できないからなのであった。それで校長からはベールで覆い隠した不可知の謎とし、我々はミス・ビュールには打ち明けたのである。

我々十人、つまり女子八名と男子二名とはハンプステッド・ポンズ近くのグリフィン女史が経営する学校の生徒であった。八、九歳という女ざかりの年齢に達していたミス・ビュールが、我々のリーダーであった。私はその日の内に彼女に我々の計画を打ち明けるとともに、彼女が私の愛する正室フェイヴァリットとなるべきだと持ち掛けた。

女性としての素敵さに、似つかわしく魅力あるものにする謙虚さとあらがった後、ミス・ビュールは私の提案を嬉しく思うと言ったが、ミス・ピプソンをどういう風に遇するのかという提案を知りたいとも言明した。ミス・ビュールは――死ぬまで友情を保持し、一心同体であり、秘密を持たないことなどを、箱と鍵付きの二冊で一揃いとなる祈祷書と聖典とにかけて、彼女と誓い合ったという評判のある――ミス・ピプソンの友人として、彼女が並の存在の一人にはなり得ないことを、自身からも、もしくは私からも、隠し通すことは出来ないと述べた。

さて、ミス・ピプソンは、巻き毛の淡い色の髪と青い瞳を備えていたので（女性という人間に関してこの二つのものこそ美しい《フェア》と呼べるものだと私は思っていた）、私は即座に彼女を美しいチェルケス人（チェルケスはサーカシアとも呼ばれ、ロシア連邦南西部、黒海沿岸地方。ここの住民は肉体的な美しさで有名）と見なすと返事をした。

「そしてその後は？」ともの思いに沈みながらミス・ビュールが尋ねた。

彼女は商人に騙されて、ヴェールを掛けて私の前に連れてこられ、奴隷として私に買われることになるというのが私の答え。

［もう一人の男子生徒は男として国家の二番目の序列に落ちて、宰相にはめ込まれた。彼は当然こうした手順に抵抗したけれども、髪を引っ張られて結局は屈服した。］

「わたしは嫉妬しなくてもいいのね？」と目を伏せて、ミス・ビュールが問いかけた。

「ズバイダ（七六八―八二三？『千一夜物語』に登場する太守ハールーン・アッラシードの正妃）、その通りだ」と私は答えた。「君はずっと最愛の王妃でい続けるのだ。私の心の中でも、わが玉座においても、君はずっと第一位を占め続けることになるのだ」

　かくのごとき保証を得て、ミス・ビュールは計画を他の七人の美しい女子生徒に提案することに同意した。同じ日の内に、学校の骨折り仕事をこなす使用人で、ベッドの一つ程度の印象しか与えていない、その上顔にいつも石墨が付着している、タビーという名前のにたにた笑っている気立てのよい人物が信用できるという事実が私の頭に浮かんだので、ハーレムの黒人近衛隊の名高い隊長である、マスルール（太守ハールーン・アッラシードの剣の預かり手として『千一夜物語』に登場する）としてタビーを指名するために、神意により寄託されたのが顔の石墨だと主張したメモを、夕食後ミス・ビュールの手にそっと滑り込ませた。

　ありとあらゆる組み合わせの可能性があるので、望ましい仕組みの構築は困難を極めた。もう一人の男子生徒は下劣な品性を露呈し、玉座への野望が挫折すると、太守の前でひれ伏すことに心底からの疑念を覚えると称して、信徒の指導者と呼ばれるのを嫌がった。馬鹿にして無定見に自分を単なる「男《チャップ》」と呼び、「演技《プレイ》をするつもりはない」と言明した――演技だと！――全くもって粗野で下品であった。彼のこうした下劣な品性は、しかしながら、ハーレム全体の総意で抑え込まれ、私は八名もの最高に美しい乙女達の微笑に包まれる至福に浴したのである。

　グリフィン女史の注意が他へ向けられていた時にのみ微笑にひたることが出来たが、それも極めて用心深く運んだ時にだけ可能であった。というのもショールの背中側の模様の中心にある小さな丸い飾りを通して彼女が回りを見ているという伝説が、ムハンマドの信徒である乙女達の中に存していたから。だが毎日夕食後、一時間ほど、我々は一緒に過ごした。そしてその時わが愛する正室とその他の妃達は国家をめぐる気苦労から神経を休ませている太守たる私の憩いの時間を楽しくしようと競い合った——国家をめぐる気苦労は十中八九、それをめぐる殆どの問題と同じく、算術に関するものであった。あの宰相が出す数字は全く信用できないので。

こうした時、ハーレムの黒人近衛隊の隊長である、忠実なマスルールは常に側で仕えてくれたが（グリフィン女史は同じ時、大抵の場合激しくベルを鳴らしてこの隊長を呼びつけた）、名高い評判にふさわしい態度で振る舞うことは絶対に無かった。まず第一に、瞬時に抑えることができたけれども、太守が怒りを示す赤いローブ（ミス・ピプソンのマント）を肩にまとっていた時でさえ、太守の寝椅子にほうきを持ち込んだ行為がマスルールから十分に納得が行く形で説明されたことは一度も無かったからである。二番目として、「ねえ、君達かわいこちゃん！」とにたにた笑いながら突然叫んだ行為も東洋的でもなければ尊敬に値するものでも無かったからである。三番目に、「ビスミラ（アラーの名にかけて）！」と言うように入念に教え込まれたのに「ハレルヤ！」と常に言ったからである。この隊長は、他の同類と異なり、非常に快活で、口をぽかんと明け続け、不釣り合いなまでに賞讃の意を口にし、一度は——それは金貨五十万パース（帝政トルコの通貨単位）で、しかも安い値段で、「美しいチェルケス人」を買った時のことだった——その女奴隷と、王妃と、そして太守とを、まとめて抱き締めさえした。（付加的にいえば、マスルールに神の御加護があらんことを。彼の優しい胸に抱かれた少年と少女とのその後の長い道程の厳しさが軽減されんことを！）

グリフィン女史は礼儀作法の手本であった。我々を二人ずつ並ばせてハンプステッド・ロードをパレードする時、一夫多妻主義とイスラム教の先頭を堂々たる足取りで自分が歩いているのを知ることになったならば、この徳の高い女性の感情は如何なるものであったろうかと想うと私は当惑してしまう。明確に意識していないかくのごとき心理状態で、グリフィン女史を凝視することが我々を奮い立たせた際の秘密めいてぞっとするような歓喜と、グリフィン女史（書物から学び取れることなら何でも知っている）が何一つ気付いていないことの認知には恐るべき力が存しているという我々全体に浸透していた戦慄する感覚とが、我々が秘密を保持できた推進力であると私は信じている。秘密は驚くほど保たれたが、一度すんでの所で露見しそうになった。その危険とそれを免れたことはとある日曜日に持ち上がった。我々十名はグリフィン女史を先頭として、教会の回廊の目立つ場所で整列して――毎日曜日そうであるように――いわば宗教的なやり方で学校をPRしていた――その時栄華を極めたソロモンについての記述（「マタイによる福音書」に「栄華を極めたソロモンでさえ、この花の一つほどにも着飾ってはいなかった」とある［六章二十九節］）が読み上げられた。ソロモン王がこうして引き合いに出されると同時に、良心が私にささやいた、「お前もだ、ハールーン！」と。勤めを果たしている牧師は斜眼で、そのため私に直接読み上げているという雰囲気が感受され、私の良心を刺激することとなった。ぞっとする汗のしたたりに続き、深紅色が私の顔を覆った。宰相は死んだような状態となり、ハーレムの全員がまるでバグダッドの夕陽にその美しい顔がまともに照り付けられたかのごとく赤くなった。この重大な危機を迎えた時恐るべきグリフィン女史が立ち上がり、邪悪な眼差しで我々イスラームの子供を見渡した。教会と国家がグリフィン女史と手を結んで我々の秘密を暴き、全員に悔悛者用の白衣をまとわせ、中央通路でさらし者にするだろうという印象が私の内に湧いて来た。しかし、極めて西洋的なものを――東洋的な連想の対極にあるものとしてこの言葉を使うことが許されるなら――グリフィン女史の厳正さをめぐる感覚は帯びていたが故に、「リンゴ」を連想しただけで収まり、我々の秘密は守られたのである。

ハーレムが一つにまとまっている、と私は前述した。信徒の指導者が宮殿のハーレムという神聖な場所で接吻の権利をあえて行使したか否かという、問題に関してだけは、その比類なき住人達の見解が対立していた。ズバイダは寵愛を受ける正室として彼をひっかくという報復の権利を行使し、美しいチェルケス人は逃げ場を求めて、元々は書物を入れるためにデザインされた、緑のベーズの袋に顔を入れた。他方、カムデン・タウンの豊かな平原出身の卓越した美しさを持つアンテロープのごとき少女は（休暇の後介在する砂漠を横断して半年毎に姿を見せる隊商の商人により運ばれて来た）、寛大な意見を持ってはいたが、その恩恵を嫌な奴であり、見下げ果てた男である、宰相に及ぼすことは制限したいという条件を付けた――それで彼は何の権利も持たなくなったし、問題外の存在となった。遂に、幼い一人の奴隷を代理役として任命することにより困難な状況が緩和されることとなった。足台に立って、彼女は慈悲深い太守により王妃達のためにと意図された接吻を両方の頬に受け、王妃達からの褒美を私的に受け取った。

至福の歓喜の絶頂にあって、深刻な悩みを抱えるということが出来した。母のことを思い浮かべて、夏休みに八名もの最高に美しい乙女を、何の前触れもなく、連れて帰ったら彼女が何と言うだろうかと私は思い悩んだ。家で用意できるベッドの数、父の収入、パン屋のこと等を思うと、私の失意の念は倍増した。ハーレムと悪意に満ちた宰相とは、主君の悩苦の原因を察知して、全力を尽くしてそれを増大させた。彼等は限りない忠節を公言し、主君と生死を共にすると誓った。これらの愛着の言明に極度の窮地に追い込まれて、一度に何時間も、自分の恐ろしい運命を思いめぐらして、私は目を覚ましたまま横になっていた。絶望の中で、なるたけ早い機会にグリフィン女史の前で跪《ひざまず》いて、私がソロモン王と似た境遇にあることを告白し、難儀から脱出するための思ってもみなかった手段がおのが運命を好転させせない限りは、この国の非道な法律の定めるところに応じた扱いを懇願したかも知れないと思う。

とある一日、我々は二人ずつ並んで、散歩に出ていた――そうした時宰相は通行料取り立て門の少年に注意を払って、彼が生意気にもハーレムの美女を見つめたならば（いつも行っているように）、夜の間にこの少年を絞殺させておくようにとのいつもの命令を受けていた――その上我々の心情が陰うつさのベールで覆われるという事態が出来した。アンテロープのごとき幼女の不可解な行動が国家を不名誉な状態に陥れた。前日が誕生日であったことと、莫大な財宝がそれを祝して大型のかごで届けられたこととを主張して（両方とも根拠のない主張であるが）、この幻想好きの幼女は秘密の内にだがこの上なく熱心に三十五名もの近隣の王子と王女とを晩餐付きの舞踏会へと招待していた――「夜中零時までは迎えを呼んではいけない」という特別な条件付きの。アンテロープのかような取りとめのない幻想が、多様な従者付きの種々の馬車に乗って、正装した大勢の客が思いがけなくもグリフィン女史の部屋の戸口へ到着するという状況を引き起こし、彼等は期待に胸を膨らませて戸口の最上段に降ろされ、涙にくれながら追い払われることとなった。こうした祭礼に付随するドアの二重ノックが始まった所で、アンテロープは奥の屋根裏部屋に退き、閉じこもった。新しい客が到着する毎に、グリフィン女史は狂乱の度合いを高め、遂には衣服の前部を引き裂くに至ったのが認められた。犯人であるアンテロープの決定的な降伏がリンネルの収蔵戸棚に監禁された後に出来し、更に全員へのパンと水だけの食事と説教とが、執念深く長々と続き、その中でグリフィン女史は最初に、「私があなた達を信用していることは全員が知っていたはずです」と叱り、次には、「あなた達は全員揃ってこの上なく悪意に満ちています」と小言を浴びせ、三度目には、「見下げ果てた人間の群れ」と宣告した。

かくのごとき状況の下、我々はもの悲しく彷徨した。特に私は、太守としての責任を重苦しく感受して、とてつもなく落ち込んでしまった。そうした時一人の見知らぬ人物がグリフィン女史を訪れ、彼女の傍に歩み寄ってしばらくの間話を交わしてから、私を見つめた。この男が法の手先であり、私の捕縛に出向いて来たと思い込んで、私は直ちに脱走を計り、漠然とエジプトを目指した。可能な限りの速さで私が駆け出す姿を見て（最初に左に曲がり、パブを回って行けば、ピラミッドへの最短の道となるだろうという感じを持った）、ハーレムの全員が泣き叫び、グリフィン女史が私に向かって金切り声をあげ、不実な宰相も私を追いかけて走り出し、通行料取り立て門の少年が羊のごとく、私を巧みに隅に追い込み、動けなくした。捕らえられて学校に連れ戻されても誰一人私を叱らなかった。グリフィン女史も信じられないような優しさで、「とても変よ！　この方に見られた時どうして逃げ出したの？」と言っただけであった。

息を切らしていなくて返答を言えたとしても、何一つ答えることはできなかったであろうと思う。息を切らしていたので、間違いなく私は何も言えなかった。グリフィン女史と見知らぬ男は私を挟むようにして、幾分もったいぶって私を宮殿へ連れ戻したが（驚きでもって、感受せざるを得なかったように）、犯罪者扱いは、全く無かったのである。

宮殿へ着くと、私達は一部屋に入って三人だけになり、グリフィン女史はハーレムの黒人近衛隊隊長である、マスルールを呼んで、助力を求めた。事の経緯を小声で打ち明けられると、マスルールは涙を流し始めた。

「おお、可哀相に！」と私の方を向いて、彼が言った。「あんたの父ちゃんがひどく具合が悪いんだって！」

うろたえて、私は尋ねた。「父さんは重い病気なの？」

肩に顔をうずめて私が気を休めることができるようにと、身をかがめながら、善良なマスルールが「神様があんたの逆風を少しでも和らげて下さいますように！」と言い、続けて「あんたの父ちゃんが亡くなったんだ！」と言った。

ハールーン・アッラシードはこれらの言葉と共に霧散し、ハーレムも消滅した。この瞬間から、私が再度八名もの最高に美しい乙女を見ることも無くなってしまった。

家に帰り着いてみると、死とともに負債があり、競売が行われた。私の小さなベッドは、「業界」とあいまいに呼ばれていて、私には未知であったある筋によって横柄な態度で軽くあしらわれたので、真鍮の石炭すくい、焼き串回転具、鳥籠、などと併せて競売用の一山の商品となることを余儀なくされ、二束三文で競売に付された。それが言われるのを耳にし、二束三文とは何の歌かといぶかしく思い、唄うには何とも陰うつな歌でずっとあったに違いないと思った。

それから、私は年長の少年達用の大きく、寒々として、がらんとした学校へ送られた。そこでは量的には不足しているのに、食べ物も着る物も全て分厚く不格好であった。体の大小にかかわらず、生徒全員が残虐であった。入学前から、競売のことは全て露見していて、少年達は私が何を売ったのか、私を買い取ったのは一体誰なのかと質問を浴びせ、「売るぞ、売るぞ、そら売れた！」とはやしたてた。このようなひどい場所で自分がかつてはアラブの太守であり、ハーレムを所有していたことは一度も口外しなかった。というのも、おのが不運を口にすると、ひどく痛め付けられて、校庭の傍のビールそっくりの泥で濁った池に投身自殺をせざるを得なくなるであろうということが分かっていたからである。

ああ！　読者諸賢、B.少年の部屋に居住するようになってから、おのが子供時代の幽霊、おのが無邪気さの幽霊、おのが幻のごとき信念の幽霊以外の幽霊は出現しなかったのだ。何度も幽霊を追尾したが、人間であるこの私の歩みでは幽霊に追い付いたことは一度も無いし、この両手で幽霊に触れたことも皆無であり、人間であるこの私の心情で純粋な状態にある幽霊を把握することを重ねることも不可能となってしまった。それで鏡の中で途切れることなく変容する顧客のひげを剃り続けて、この世の道連れとして私にあてがわれた骸骨と寝起きを共にするよう定められたおのが運命を、極力快活に感謝の意を込めて、勤めあげているこの私の姿をここで皆様方に御覧頂くことしかできないのである。

あとがき

「私は自分が何処かに家庭を構えることができるというように考えることはできません」（I cannot regard myself as having a home anywhere）（一八六二年四月二十二日付のウィルキー・コリンズ宛の書簡中の一節）という言葉に浮き彫りにされているごとく、人気実力とも兼ね備えた代表的作家として華麗な足跡を遺した外見とは対蹠的に、返済不能の負債のために収監された父親を追って弟妹を連れて母親が獄舎に移り、ただ一人憂き世に放り出された少年時代から拠り所を喪失した不安定な状態で、癒しと救済を求めつつ、焦燥感に駆られるまま動き回り彷徨するディケンズの魂の軌跡と文学世界との関係をめぐる分析と考察を行ってきた私の関心が、作家の揺動する生きざまが生々しいまでに投影されているクリスマス物の作品世界へと次第に傾斜してきたのは、自然の流れとしかいいようのないものである。以前に『クリスマス・ストーリーズ』に所載の六篇を考察対象とする小著を発表したことがあり、今回の仕事はこれら六篇から絞り込んだ三篇の翻訳を試みたものである。

ディケンズの英語に最初に接してから半世紀近い年月が経過した。このささやかな訳書がそうした年数に見合うだけの出来映えを示していることを願うのみである。

全力を尽くしたつもりであるけれども、不備な箇所に関して忌憚のないご教示が頂ければ幸いである。

最後に、東日本大震災からの一日も早い復興を祈りつつ、本訳書の出版を快くお引き受け頂いた溪水社の木村逸司社長に厚くお礼を申し上げる。

篠田　昭夫

二〇一一年三月三十日

[訳者略歴]

篠田　昭夫（しのだ　あきお）

1942年　広島市に生まれる

1965年　広島大学文学部文学科英語学英文学専攻卒業

1967年　広島大学大学院文学研究科英文学専攻修士課程終了

安田女子大学、福岡教育大学、福山大学などを経て、

福岡教育大学名誉教授、福山大学講師、博士（文学）。

著書　『ディケンズとクリスマス物の作品群』（溪水社、1994）

『魂の彷徨―ディケンズ文学の一面―』（溪水社、1998）

『ディケンズ鑑賞大事典』（共著、南雲堂、2007）

訳書　ディケンズ『人生の戦い』（成美堂、1990）

同　『憑かれた男』（共訳、あぽろん社、1982）

同　『無商旅人』（共訳、篠崎書林、1982）

現住所　〒733-0007　広島市西区大宮1-2-20-304

TEL（082）238-9255

チャールズ・ディケンズの『クリスマス・ストーリーズ』

平成23年9月13日　発　行

著　者　篠田　昭夫

発行所　株式会社　溪水社

広島市中区小町1-4（〒730-0041）

電話（082）246-7909／FAX（082）246-7876

e-mail: info@keisui.co.jp

ISBN978-4-86327-147-0 C1097